投資一定有風險

Presented by

Bunsen Burner and Tomo Oga

上

投資一定有風險

李恕謙 × 何馨憶

Be Care For
What You Invest For

VOLUME ONE
【CONTENTS】

Be Care For
What You Invest For

投資一定有風險

✦

第
一
章

投資一定有風險

「你很自私。」

午後的陽光透窗而過，在女子的右手臂上映出白光，她握著玻璃杯的指節末端泛白，冰涼的水珠滑過她的指掌，沿著手臂淌至桌面。

李恕謙看著交往一年的女友，他揉著太陽穴，疲憊地嘆出一口氣，「所以我正在跟妳商量。」

「你只是告知我，不是跟我商量。」女子拿起杯子喝了一口奶蓋綠茶，她重重地放下玻璃杯，李恕謙的水杯跟著震動。

「你有沒有想過你什麼時候要開始工作？」

李恕謙當然想過這個問題，但他有預感直說只會讓女友更生氣。

他的沉默讓女子冷笑一聲，「拿到博士學位以後？」

李恕謙沒說話，明顯是默認。女子深吸一口氣忍下情緒，換了語氣輕軟地撒嬌，「恕謙，不然我們先結婚？你再繼續讀。」

「妳媽不會答應的。」李恕謙低聲說，「博士生的薪水很低，我也沒什麼存款，結婚很不負責任。」

「你讓我等就算負責任嗎？」女子的話銳利如刀毫不留情，將兩個選項之間的模糊地帶全數斬除。

李恕謙聽出她的意思，「芷瑩，妳不想等我，我不勉強。」

林芷瑩深深吸一口氣，她和李恕謙根本不在同一個頻道上。

「不是我不想等你，是我的時間不能等你。不是只有你的學位重要，我的青春也很重要。如果你每次都把做決定的責任留給我，只是證明你很爛而已。」

李恕謙凝視著她，慢慢說出既定的事實：「現在的情況是我已經做了決定，只剩下妳要不要決定的問題。如果妳真的要讓我選，我只能說學位對我比較重要。」

林芷瑩轉過臉，忍住幾近奪眶的眼淚，在李恕謙回應之前，她還抱著一絲可能的期望，即使她早在他的臉上讀出答案。

她的心裡一陣落寞，好像只有她在為這段感情堅持，而李恕謙站在岸邊，遙

投資一定有風險

遙看著她獨自努力。她忽然為自己感到不值。

「那就這樣吧。」林芷瑩說，「我們不是彼此要的人，我祝你單身一輩子，再也交不到女朋友。」她一說完就站起身，匆匆離開餐廳。

李恕謙望著她的背影，克制自己去追的衝動。追上去又怎麼樣？女友要的，他給不了。如果按照原本的人生規畫，他打算碩士畢業後工作幾年，有了經濟基礎，有了結婚的資本，再跟女友求婚。但若念了博班，至少要晚三到四年畢業，所有的計畫便要再往後延。

如果當初他知道林芷瑩期望他早點出社會工作、早點結婚，他就不會接受林芷瑩的告白。而不是像現在，彼此都放了感情，卻因為外在因素面臨艱難的二選一。

他理解女孩子的青春有限，但在沒有工作的狀態下，結婚是不負責任的行為。而對現在的他而言，攻讀博士已經是必然的選擇，那勢必就得付出其他代價。

學位和感情，在這一刻分出了輕重。

「恕謙，你的博士論文題目決定好了嗎？要從現在做的題目延伸，還是要轉做費米子味道？」指導教授十指交扣抵在桌面，目不轉睛地注視他。

「——還沒。」李恕謙心虛地回答，「我、我還沒想。」

「要趕快，不要再拖了。」指導教授換了個姿勢，單手支頤，另一手鬆鬆握拳，用指關節輕輕敲擊桌面。

那一聲一聲的敲擊宛如限時炸彈倒數計時的「嗶嗶」聲響，震得李恕謙心中一凜，承諾道：「我這週會交出來。」

他走出指導教授的研究室，沉沉嘆出一口氣。這些日子，他過得渾渾噩噩，心頭惦記著幾欲落淚的前女友。他想表達歉意，抱歉讓對方受傷，林芷瑩卻封鎖了他，斬斷所有聯繫的管道，展現分手的堅定決心。

看來，他也該向前看了。他打開手機的通訊錄，刪掉那個也許這輩子再也打不通的電話號碼。

投資一定有風險

「學長好，我叫張詩涵，叫我詩涵就可以了。」女孩揚起燦爛的笑容，「我們什麼時候要開始做實驗？」

「妳的研究報告我已經看了，有些地方邏輯不通順，可能要多強調一點實驗組之間的關聯性。」李恕謙從旁側的研究生座位拉過一張電腦椅，「妳先坐這邊。」

他將筆電螢幕微轉角度面向學妹，「我會寄幾篇 **paper** 給妳，先看這些我圈起來的地方。」

在他博士班二年級時，指導教授新收了一個專題生，便交由李恕謙來帶。李恕謙第一次帶專題生沒有經驗，便傾盡所學，盡可能地讓學妹多學一些。張詩涵個性主動積極，總會追著問他研究進度，他對學妹的印象不錯，只是偶爾覺得學妹對自己的笑容太過燦爛。

「學長，如果我想申請美國的學校，你有沒有什麼建議？」張詩涵坐在他桌角，單手撐頰，歪著頭看他。

「我有同學申請過，我可以幫妳問一下。」李恕謙從筆電後方抬頭，「有的話我再把資料寄給妳。」

「好啊。」張詩涵淺淺微笑，直盯著他。

李恕謙挑起眉，「還有什麼問題嗎？」

「學長沒有女朋友吧。」張詩涵笑咪咪地問。

「沒有。」李恕謙搖搖頭，「有什麼事嗎？」

「那我當你女朋友好嗎？」張詩涵笑道，「怎麼樣？」

李恕謙詫異地注視她，試圖從她的表情找出一絲開玩笑的痕跡。然而他和學妹認識不深，看不出對方的心意，他確認道：「妳在開玩笑嗎？」

「這種事怎麼會開玩笑，學長這樣交不到女朋友喔。」張詩涵的笑容依舊甜蜜燦爛，眼梢洋溢著青春氣息。

學妹是系上公認的美女，有不少人追求，李恕謙不覺得自己比其他人更優秀，從而讓學妹青眼有加。他謹慎地說：「妳讓我想一想。」

投資一定有風險

「好啊，學長要快點答覆我喔。」

學妹的笑聲縈繞了他整週。這一週張詩涵每每見到他，都會追問他考慮得怎麼樣。每當青春又甜美的少女馨香一靠近，他就會因意識到學妹的心思而心神不寧。學妹看起來沒有在開玩笑，是真的喜歡他，他覺得和學妹相處不難，似乎試試看也可以。但憶起和林芷瑩分手時的難受，他不願重蹈覆轍，便拐彎抹角地詢問學妹未來的人生規畫，特別是何時想成家。

張詩涵並沒有想得太遠，「先出國留學，讀博班，可能會留在當地工作，再看看吧。學長已經想要成家了嗎？」她偏了偏頭，指節有意無意地碰到他的手背。

他心一跳，這是個陷阱題，他沒想過怎麼回覆，只能含糊地說：「先畢業再說。」

「對啊，先拿到學位再說吧。」張詩涵一笑，眼角微彎風情無限，「變數太多了。」

兩人在攻讀學位的取捨中得到共識，李恕謙安下心來，便答應交往。說是交往，其實關係倒也沒有改變多少。他們仍然天天在討論研究，頂多週末張詩涵會提議出去踏青。他們的關係比學長學妹再更親密一些，張詩涵是個相當有主見的女孩，她總是先做好決定才問李恕謙的意見。李恕謙個性隨和不太有意見，兩個人相處融洽。

他們的關係真正有所改變，反而是張詩涵申請到美國常春藤名校，並如願於畢業後前往就讀的那一刻起。臺灣和美國不只是遠距離，還有時差問題，兩個人同時在線又有空的時間少之又少，聯絡頻率愈來愈低，從每天一次到每週一次，甚至每月一次。

有一天，李恕謙在張詩涵的臉書上看到她和一群人出去玩，一個男人站在她身後，手臂攬在她腰上，李恕謙傳訊息問學妹那男人是怎麼一回事。不久他發現自己被對方從臉書、IG 到 LINE 全面封鎖，就此斷了音訊。這是一個被分手的訊號。

投資一定有風險

如果要問李恕謙的感受，他反倒沒有第一次被林芷瑩分手時那麼難以釋懷。他和張詩涵相隔太遠，感情早已被時間和距離磨去，張詩涵單方面的舉動只是一種正式的宣告。

處理感情問題實在過於耗費心力，他短時間內不想再投入感情，更專心在研究上，沒有再交女朋友。

他跟在指導教授身邊發了幾篇期刊點數不錯的 paper，成為指導教授門下第一位畢業的博士。他又留在實驗室做了兩年博士後，中間陸續帶過幾個學弟妹，他的個性溫和，學弟妹跟他的感情都不錯，他知道做研究的辛苦，學弟妹若有不對勁他也會適度關心，偶爾幫忙補充一些實驗數據，讓學弟妹順利畢業。

他離開學校時承蒙指導教授推薦，到中研院天文物理所工作。中研院的工作地點其實和他以前的實驗室在同一棟，學術氛圍也很濃烈，李恕謙沒有適應不良的問題。

工作滿一年時，有次整個工作單位一起聚餐，聚餐結束後他告別同事，在去洗手間的狹窄走廊上，看見一對男女相互對峙。李恕謙停住腳步，明智地停在幾步遠處觀望。

只見「啪」的一聲，那女人重重甩了那名青年一巴掌，接著快步經過李恕謙身側匆匆離開。李恕謙慢慢走過去，本不想管閒事，但他與青年錯身而過時卻忽然停住，「小憶！」

「學長。」青年捂著臉頰，「讓你見笑了。」

李恕謙稍稍打量青年，對方看起來失魂落魄，帶著紅痕的嘴角更顯得狼狽，眼眶泛著無辜的水光，他心頭一軟提議道：「我們換個地方坐吧。」

小憶本名何馨憶，是李恕謙研究所的學弟。李恕謙念博四時，何馨憶是剛入學的碩一，李恕謙被指導教授指派負責帶何馨憶，與對方討論研究進度。何馨憶的個性負責細心，很擅長替實驗室管理帳務，跟器材供應商殺價。

不過若問李恕謙對何馨憶的印象，他印象最深的反倒是青年在學期間，曾經因為研究做不出來躲在實驗室崩潰大哭。他接到電話通知時，還半夜騎車去實驗室，將學弟接回宿舍安慰。

李恕謙領著何馨憶來到附近的酒吧，彼此各叫了一杯酒，李恕謙主動問道：「你過得還好嗎？」

「還行，普通。」青年緩緩搖晃威士忌杯中的冰塊，「學長呢？」

「中研院天物所，老師介紹的。」李恕謙簡短回答，「你呢？」

何馨憶乾笑一聲，「我不想走學術界，現在在半導體產業工作。」他赧然地別開視線，彷彿是不成材的弟子在外頭闖蕩不出名堂，不得不回報自己的失敗。

「嗯。」李恕謙了然地點頭。天文物理所的學生畢業後如果不做學術，在臺灣很難找到工作。雖然半導體產業與天文物理不是完全相關，但就工程背景的學生而言的確是一條出路。

「學長，你跟老師還有聯絡嗎？」何馨憶忍不住問。

「天物所和老師研究室在同一棟，坐電梯時經常會遇到。今年聖誕節老師有邀請我去他們家玩，美國那個。」李恕謙的指導教授有雙重國籍，每年都會過聖誕節和農曆新年。

「那，老師和他那位還在一起嗎？」何馨憶小心翼翼地問。

這個問題有點奇怪，但李恕謙也沒多想，「你說老師和陸臣哥嗎？他們早就登記了，前幾年還辦了婚禮，你沒有接到通知嗎？」

「我知道，我問的是現在。」何馨憶咕噥道。他喝了一大口威士忌，「你覺得他們怎麼樣啊？」

「什麼怎麼樣？」李恕謙一頭霧水，「你指的是什麼？」

「就是——你對同性戀的看法是什麼？」

青年的神態微醺，半瞇著眼看著手中的酒杯眼神迷茫，似乎沒意識到這個問題有些尖銳。

「我覺得他們滿好的。」李恕謙細想自己的感情經歷，比起他兩次不算好的經驗，指導教授與陸臣哥之間的相處反倒令他心生嚮往。

「我覺得老師和陸臣哥的感情是我看過最美好的愛情，就像電影演的一樣，

投資一定有風險

好像從不會吵架。我一開始以為同性伴侶都像他們，還有點羨慕。」

何馨憶忍不住又問：「學長，你可以多說一點嗎？他們是怎麼開始的？」

他進指導教授研究室的時候，偶爾會撞見那個長相俊美的男星。對方總是和指導教授一起坐在長沙發上喝茶，看見他進來還會起身招呼，儼然像個賢內助，他一直很好奇但怕冒犯到兩人，直到畢業也不敢多問。

「記得是我博二的時候，當時他們還沒有公開，所以我以為只是朋友。」李恕謙沉吟一會，「不過那一年研究計畫繳交日期將近，我們都忙著趕數據改論文，老師卻在最忙的這時候臨時下臺南，還取消所有 meeting。後來才知道是陸臣哥發燒了，老師不惜排開所有的工作也要趕去照顧他。」

當時他隱約察覺有異卻也沒細想，直到那兩人終於不再避諱，光明正大地在他面前擁抱牽手，他才發現在那麼早以前就有徵兆。

「我後來單獨跟他們吃過幾次飯，他們兩個不用講話，一個人轉頭另一個人就會把衛生紙或醬料拿過來，對對方的喜好很清楚。我也不太會描述。」李恕謙苦苦思索，「他們感覺就像是，只要看到對方就很高興。」

「嗯。」何馨憶沉默一會，「真羨慕他們啊，要有一定的社會地位，才敢這樣不顧一切地公開吧。」他的臉一半被吧檯的燈光打亮，一半隱在陰影中，語氣帶著說不清的落寞。

「你這樣說有點偏頗。」李恕謙中肯地說，「說起社會地位，陸臣哥那麼有名，公開反而更有壓力吧？就算是這樣他們還是決定要公開，所以我很佩服。」

指導教授的先生陸臣，現在已經是臺灣家喻戶曉的男星，曾經以電影《白牆青瓦》拿下臺北電影節最佳男主角。

李恕謙說到這裡，忽然想起第一任女朋友，女孩憤怒又泫然欲泣的臉瞬間浮上來。

他喝了一口酒，慢悠悠地說：「我覺得人在做選擇的時候，一定會考慮風險，得到結果的同時也要承擔代價，所以通常都會選擇風險低的選項。但是無論風險再低那也是風險，既然做了選擇得到好處，那就好好地承擔風險吧，這也是一種

投資一定有風險

等價交換。」

何馨憶輕笑，「學長，你果然跟老師很像。」他懷念的語氣像年過半百的老人在瀏覽往日的舊照片，自嘲過去的年少輕狂。

「有嗎？」李恕謙不置可否，他從不認為自己能和指導教授相提並論。那個男人優秀有自信又強大彷彿無所不能，碰到難題總是游刃有餘一項一項理出頭緒，分析後找出解決方法，是他景仰的偶像。

「嗯，是老師說的。」何馨憶懷念地說，「第一次整個實驗室一起吃飯的時候，你剛好去廁所，田佳均趁機問老師覺得你怎麼樣？老師說你是最像他的學生，只要你對自己更有自信一點。」

「我都不知道。」李恕謙笑了一聲，「到底哪裡像？」

「個性很像，學長你可能沒發現，像剛剛那個風險選擇就非常像老師會講的話。還有啊，其實你當年超強的，發表那麼多篇 paper，我在你下面做研究都覺得很有壓力。」

雖然話是這麼說，青年卻笑得很開心，彷彿那都是自己的成就，「我當年超崇拜你的，當然現在也是啦。」

「那個啊。」李恕謙想了一下，忽然笑道，「你知道當年我發表第一篇 paper 之前，老師跟我講什麼嗎？」

「什麼？」何馨憶搖頭，困惑地看向他。

「他說，身為他的學生要更有自信一點。」李恕謙笑著說，「也許老師早就知道我沒什麼自信吧。」

「不是。」青年再度搖頭，輕聲反駁，「學長，你不是沒自信，只是不承諾沒把握做到的事而已。其實這點也跟老師很像，只是老師氣場比較強，所以你看起來相對沒自信一點。」

李恕謙對稱讚不以為意，又喝了一口酒。

何馨憶輕輕晃著玻璃杯，冰塊在酒杯裡頭相互碰撞。李恕謙瞥向身側的青年，等青年無聊地掃他一眼，他抓準機會，「所以你今天為什麼被打？」

何馨憶微微一僵，指節下意識摩挲著杯緣，不安的情緒向外輻射而來，李恕謙耐著性子等。良久，何馨憶苦笑道：「我公司的主管想跟我上床，他老婆知道後氣沖沖跑來罵我，說要告我妨礙家庭。」

「等一下。」李恕謙試圖抓重點。主管的老婆，所以主管是——

「你部門的主管是男的嗎？」

「嗯，怎麼？學長，你不是說你沒有歧視同性戀嗎？」青年下意識握緊了酒杯，指尖用力到幾近泛白。

這個場景似曾相識，青年的臉帶著委屈又難以訴說的難受，彷彿與回憶之中某張泫然欲泣的臉疊在一起。李恕謙嘆了一口氣，聲調更軟，「我沒有歧視，就只是問問，你不要緊張。」

男人的保證向來具有可信度，青年相信了，他放鬆指掌垂下繃緊的肩膀。

李恕謙忽然慶幸在這麼多年後，已經學會怎麼安撫他人的情緒。他接著問：

「然後呢？」

「不知道。」何馨憶嘆了一口氣，「主管在我進公司時就對我很好，一直很照顧我，我當時很尊敬他。有一天晚上他陪我加班到很晚，辦公室沒有其他同事，他偷吻我，我嚇了一跳。後來他開始傳一些黃色訊息，還問我要不要考慮跟他交往。我當時不知道他已婚，直到他太太發現這件事，用他的手機把我約出來談判，就是你剛剛看到的。他太太打算鬧到公司去，我想公司也不能待了吧。」

「你可以告發主管意圖性騷擾嗎？」李恕謙皺起眉心，為青年的遭遇不平。

何馨憶嗤笑一聲，「學長你不懂職場文化，辦公室戀情要是暴露或衝突，被開除的一定是職位低的那一個。」

「那你要怎麼辦？」李恕謙追問。

「我不知道，」何馨憶滿臉茫然地看著手中的威士忌酒杯，「辭職的話，現在的房租對我來說太高了，在找到下一份工作之前要先找地方住。」

青年話裡透出的無措與迷茫讓李恕謙於心不忍，青年被錯待也讓他為此不平，想替這個社會稍微補償青年的想法驀然浮現，他將這視為照顧學弟妹的老習慣，

投資一定有風險

遂提議，「我那裡有沙發，可以讓你睡幾天，等你找到工作再搬出去。」

青年慢慢抬頭，酒意醺染的微笑在微弱的燈光下脆弱得不可思議，他用半微笑半嘲弄的語氣說：「學長，對我這麼好，小心我愛上你喔。」

青年盯著他的視線渙散，那句威脅輕輕軟軟得像羽毛般毫無威力，反倒讓他的心微微發癢。李恕謙盯著青年看了半晌，青年忽然撇過頭去。

李恕謙似乎有那麼一點理解青年的主管為何會出言調戲，在酒吧暈黃的燈光下，青年白玉般的耳朵也被酒意醺染，圓潤帶粉的耳廓宛如含苞待放的茶花，可愛得讓人忍不住想揉撫。

他猛然將手中的威士忌一飲而盡，甩掉那些因酒意上頭而湧起的不合時宜思緒，沉沉笑道：「還是解決問題最重要吧，投資一定有風險，租金投資有賺有賠，住我家前請詳閱公開說明書。你是想流落街頭還是想愛上我，只能選一個風險低的了。」

何馨憶在這個月初搬進他家。

李恕謙並不在意家裡多了一個人，他住的地方是一房一廳一衛，還附設小廚房，實坪大約十五坪，住起來相當舒適。青年出門在外行李不多，大部分的雜物都處理掉了，只剩下幾套換洗衣物，家具便與李恕謙共用。

青年搬進他家後，他們連吃兩天外食，何馨憶終於忍不住問能不能使用小廚房。

「你會煮嗎？」李恕謙有點詫異，青年看起來很能幹沒錯，但沒想到竟然連煮飯也是一把罩。

「自己煮比較省，學長想吃什麼？」何馨憶打開手機，準備記錄要買的食材。

「番茄炒蛋吧，蔬菜就秋葵和空心菜，不要苦瓜、茄子和茴香菜，其他都可以。」

「肉類呢？」

投資一定有風險

「家禽家畜都可以，我好像沒有什麼不吃的。」李恕謙向來不挑食，接著忽然又說：「不要海鮮，我對蝦子過敏。」

「難怪以前大家提議吃泡菜海鮮鍋，你都不跟。」青年恍然大悟，「任何海鮮都不行嗎？」

「只有甲殼類不行，例如蝦跟蟹。魚或蛤蜊就沒關係。」李恕謙補充道，「你喜歡吃可以買，只是要麻煩分開料理。」

「不麻煩的，」何馨憶快速在手機裡記下，忽然聽到一聲輕響，李恕謙從皮夾掏出一張千元大鈔，「啪」的一聲放在桌上，「伙食費，用完再跟我說。」

「學長不用啦！我沒付租金，我出就好了。」他嚇了一跳又覺得萬分窘迫，住免錢的就算了，現在連吃飯也要李恕謙來付，他還沒那麼厚臉皮。

「工作已經辭了吧？」李恕謙理所當然地將鈔票推過去，「你煮的話本來就會比較省，剩下的當作工本費吧，等你找到工作再跟我算。一開始就答應讓你借住，本來就不會跟你收租金。」

「但是——」青年似乎想再說什麼，李恕謙擺了擺手，「你不用跟我算這麼細，我的薪水還夠養得起我們兩個。」

如果能讓青年接下來的日子過得比較順遂，臉上不會再浮現令人心疼的微笑，這點小錢只是微小的代價。他衷心希望何馨憶能無後顧之憂地找工作，不再被社會虧待。

何馨憶眨了一下眼睛，在心底琢磨數秒，暫時沒有找到更好的理由反駁，於是沉默地拿起鈔票，「那就麻煩學長先墊了。」

李恕謙看了眼有口難言的學弟，久違的熟悉感湧上來。他笑了一聲，拍拍青年的肩膀，熟練地開起玩笑，「不用想太多，如果你做的飯不好吃，我就跟你收精神賠償費怎麼樣？」

「才不可能！」何馨憶直覺反駁，看見李恕謙懷疑的目光，不服輸的鬥志全湧了上來，「學長你明天就知道。」

「好啦。」見青年恢復生氣，不再糾結伙食費與住宿，李恕謙又忍不住笑了。他不是為了讓學弟欠他一份人情才提供幫助，僅僅只是想幫助青年，若青年為此跟他疏遠，反而弄拙本意。

「工作找得怎麼樣？」李恕謙轉移話題。

「我履歷投了好幾間公司，不過前一份工作有簽競業條款，不能找太接近的產業。」青年煩惱地嘆息，「年資不能用就很麻煩。」

李恕謙幫他想了一會，「我大學同學之前在依達電，不是你那個製程端。你履歷寄給我，我再幫你問。」

何馨憶敏銳地問：「那間公司在新竹對不對？」

李恕謙詫異地反問：「你不想在新竹工作嗎？科學園區那邊應該會有滿多職缺的。」

何馨憶沉默一下，「也不是不想，只是覺得離臺北有點遠。」

李恕謙更詫異，「你又不是臺北人，有關係嗎？」

「因為——」何馨憶忽然停住，轉而說，「有很多朋友在臺北，生活圈也在臺北，感覺去新竹工作有點寂寞。」

這個緣由讓李恕謙感同身受，他也是外地人，但在臺北讀書久了，總覺得住慣的生活圈更安心。

「還有一個方式是你每天通勤，竹科那裡有客運站，一天發車好幾班直達北車，一個小時左右就會到。但是你在臺北租房子加通勤費，感覺超貴！」李恕謙一說完就覺得此法不可行。

「可以住臺北感覺還是不錯的。」何馨憶含糊地說。

「也是啦。」如果青年同意，李恕謙也沒什麼好反對，「你先寄履歷給我吧，我可以幫你問我同學。」

「謝謝學長。」何馨憶飛快地說，他看著李恕謙半晌，忽然笑道，「學長，你的公開說明書呢？」

李恕謙微愣一秒才反應過來上次的玩笑話，「你應該在住進來之前就問吧？」

青年兩手一攤，以某種壯士斷腕的浮誇表情道：「我走投無路，不來投奔學

投資一定有風險

長就會橫死街頭，就算你這裡是地獄有去無回，我也認了。」

「誰家是地獄啦！」李恕謙被青年的反應逗笑，隨手拿起沙發上火焰造型的抱枕扔過去，抱枕砸到青年臉上慢慢滑下來。

何馨憶輕哼一聲，「看吧，熔岩地獄。」

青年的形容相當應景，令李恕謙笑得開懷，「還有拔舌地獄，再說就拔你舌頭。」和青年待在一起的短短幾日，他笑的次數比往昔暴增數倍，接下來的短期同居生活，應該也會很愉快。

「我才不怕暴君學長。」何馨憶飛快地說，「你如果用嘴拔我舌頭，我很樂意。」

「你說什麼？」青年的語速太快，尾音聲調太輕，李恕謙沒聽清楚，「用什麼拔？神經病，誰要拔你舌頭都樂意嗎？」

「當然是要看人的。」何馨憶滿臉正經，舉起左掌起誓，「如果是學長的話沒關係。」

李恕謙又笑又嘆，「在說什麼啦？不過是住一下就要拔舌頭，我沒那麼可怕好嗎！」

「我知道。」何馨憶憶輕輕微笑，「學長很好，很善良，很溫柔。」

一連三句稱讚砸得李恕謙措手不及臉色發窘，「好啦我要去洗澡，等下換你。你自己看著辦吧。」

「學長去忙。」青年笑咪咪地說，乖巧得宛若小貓般惹人憐愛。

他下意識伸手揉了揉青年的腦袋，細軟的頭髮從指節之間冒出來，像青年本人一樣，光是看到、觸碰到，就會軟下心想對青年更好。

李恕謙洗完澡後就回房用電腦，換何馨憶去洗。李恕謙看了一集影集，聽到浴室的開門聲，忽然警覺青年洗澡的時間過長。他打開房門，看見臉被蒸氣蒸得微紅的何馨憶，然而青年的頭髮卻是乾的，他憂心地問：「你怎麼洗那麼久？電熱水器故障了嗎？」

何馨憶嚇了一大跳，含糊地說：「我等熱水等很久。」

投資一定有風險

「噢，那你第一天怎麼沒問？你該不會都洗冷水吧？下次記得同時打開浴缸的水龍頭，同時出水可以很快升高熱水的溫度。」李恕謙心懷愧疚，主動問，「你會不會冷？」

「不會啦，學長。」青年帶著不明所以的尷尬回答，「反正我最後還是洗熱水啦。」

「下次有什麼東西用起來不方便叫我一聲就好，我人就在外面。」李恕謙考慮到學弟敏感又不敢麻煩人的個性，特別強調，「你不要那麼客氣。」

何馨憶深吸一口氣，似是而非地嘆道：「我就是怕自己不夠客氣，走錯路。」

「什麼路？從浴室到客廳不是直直一條嗎？」李恕謙側頭打量房間的格局。

「對啊，只有一條路。」何馨憶看著他，勾起唇角半自嘲地說，「只是不是學長那條路。」

他沒等李恕謙回答便又接著說：「學長你工作的地方有冰箱和微波爐嗎？明天我多煮一點，你後天可以帶便當。」

「有啊。」李恕謙看了一眼心思沉重的學弟，猜測青年找工作不是很順利，他放柔語調，「那就麻煩你了。」

李恕謙打開家門，香味撲鼻而來。何馨憶拿著鍋鏟站在鍋子前面，聽到聲音立刻回頭，「歡迎回來。」

「好香啊！」李恕謙脫下鞋走到青年身後，從他肩側探頭去看，「你煮什麼？」

「番茄炒蛋。」何馨憶側首，看見男人放大的臉，在外奔波的氣息混著男性沐浴露的味道噴在耳畔，他的臉色微微泛紅，急忙撇過臉語氣急促，「飯還沒好，學長你先去洗澡好了，洗完就可以吃了。」

李恕謙知道學弟一向細心周到，他欣喜地揉了揉青年的頭，「那我就期待一下。」

等到李恕謙洗完澡，客廳桌子上已經擺滿菜餚，每一盤都冒著熱騰騰的蒸氣。

投資一定有風險

青年還盛了兩碗飯，正坐在沙發上無聊地切換電視頻道，一聽到開門聲，就轉頭朝他笑，「學長，可以吃了。」

他的笑容溫暖又燦爛，彷彿會傳染。李恕謙被他的笑容牽引出笑意，走到青年身側肩靠著肩坐下，他拿起其中一碗飯，夾了點蔥爆牛肉配飯吃，「哇，超好吃！」李恕謙忍不住驚嘆道。

他看向何馨憶，只見學弟笑開臉，「學長還敢嫌棄我的廚藝，簡直大逆不道。」

「都是我的錯。」李恕謙又去夾秋葵，清爽的青菜中和了口中的油膩，他滿足地嚥下食物，「真的滿好吃的，我之前去外面買自助餐，很少有煮得好吃又便宜的秋葵。」

他一稱讚，學弟的笑容更加燦爛，眼睛亮得像在發光，心思單純到讓人一目了然。他想起以前青年每次被他稱讚，都會露出同樣的表情，讓他心頭犯軟忍不住多稱讚幾句。

這並非他第一次這麼做了。

過去他帶青年做實驗時，已摸清何馨憶的個性。這個學弟個性認真，相當注意小細節，但同樣的個性是一體兩面，青年總會考慮太多，把實驗設計得太複雜反而繞了遠路，每次都在meeting時被指導教授問到說不出話，總是要李恕謙救場。

李恕謙帶過不少學弟妹，對他們的個性也很了解。有些人稱讚不得，一稱讚就驕傲；有些人則是沒有鼓勵就不敢往前走，即使已經做得很好卻總是覺得不夠。何馨憶就是屬於後面這種，所以每次青年實驗失敗，李恕謙總會鼓勵青年不要放棄。那些鼓勵是有用的，他看著青年在一次次的報告中逐漸變得愈來愈有自信，也與有榮焉。

他希望自己這個大學長當得還算稱職。

「看吧，學長你還說要收精神賠償費。」何馨憶得意洋洋地夾了一把蒜炒空心菜，「我有多煮一些，你明天可以帶便當。」

投資一定有風險

說到平日午餐，李恕謙印象中只有已婚的同事會帶便當，青年的提議衍生出他對家庭的遐想，忍不住脫口而出，「跟你結婚一定很幸福，每天都有好吃的。」

何馨憶一愣，隨即不自在地別開臉搓著手指，視線飄移不定。

李恕謙自覺說錯話，連忙補充道：「我沒別的意思。」

話才說完，他感覺自己愈描愈黑，正想再補充，青年已經輕描淡寫地回道：「那要有人願意跟我結婚才行。」語氣惆悵得像秋天時，滿地落葉的蕭索。

他直覺青年不該那麼落寞，他的學弟什麼都好，不應該被世界虧待，露出那樣孤寂的表情。李恕謙習慣性地拍了拍青年的肩，凝視青年的雙眼真誠勸慰道：「你的個性這麼好，總有一天那個人一定會出現。」

何馨憶望進男人眼底，讀出赤誠的安慰，一面覺得暖心，一面又想為什麼那個人不能是你？他輕輕呼出一口氣，用微笑帶過一切回應。

餐後何馨憶切了一盤西瓜，兩人窩在沙發上看電視。青年切換了Netflix，兩個人挑片挑半天，青年忽然停住，「學長，這部是不是——」

李恕謙點頭，「對，這部是陸臣哥主演的。」

「那我們看這部吧。」何馨憶興致勃勃地說，「我還沒看過。」

他平日不看非院線片，但基於某種不可言說的理由，他想跟李恕謙一起觀賞。

電影開始播放前，何馨憶又去打了兩杯木瓜牛奶，兩個人邊喝邊吃水果，螢幕開始播映《畢生》。

一部紀念畢聲義和他同性伴侶的真實故事改編電影。

Be Care For
What You Invest For

投資一定有風險

✦

第二章

投資一定有風險

在《畢生》這部電影裡，主演陸臣飾演的是主角畢聲義，由另一名共同主演男星凌葳飾演畢聲義的戀人曾嘉祥。

李恕謙對畢聲義教授的故事略有耳聞，這件事當時在臺灣鬧得很大，相戀三十五年的同性戀人因為法律不承認婚姻關係，而不能簽彼此的手術同意書。在曾嘉祥死亡後，畢教授還失去與戀人的共同財產，心灰意冷之下從十樓一躍而下，自殺身亡。

這起悲劇改變許多人對同性戀的心態，李恕謙的媽媽就是其中一個。她當年本是愛家盟的支持者，直到這起事件讓她的想法逐漸轉變了，她知道李恕謙有時候會去參加彩虹大遊行聲援同志，也沒有如往常表示反對，只是叮嚀他注意安全。

電影配樂拉回李恕謙的思緒，畫面回到三十幾年前的臺北市立天文館，畢教授作為開幕典禮的演講者致詞。李恕謙一看到熟悉的陸臣哥，頓時覺得親切，但當劇情進展到畢教授和他的伴侶曾嘉祥首次相遇時，李恕謙突然覺得哪裡不對勁。

他轉頭看向何馨憶盯著電視螢幕的側臉，青年看得很專注，螢幕的光線在他臉上散成斑駁的微光，客廳的燈早在電影開始之前就被關掉，讓青年側臉上閃動的微光特別明顯，李恕謙不好打斷學弟的觀影興致，又轉回頭沉默地往下看。

隨著日漸相處，畢聲義與曾嘉祥的感情愈漸濃烈，不久兩個人相約到宜蘭旅行。入住飯店第一天，壓抑許久的情欲終於爆發，傍晚的觀景套房裡，只見畢聲義背靠在曾嘉祥懷裡，曾嘉祥將他單手壓在落地窗前，隱在雲後的陽光淺淺透進窗內。整個畫面的色調是隱晦憂傷的藍色，彷彿希望與絕望的交界。

曾嘉祥在畢聲義的腰上輕輕摩挲，畢聲義瞬間弓起背脊，發出很慢很慢的喘息聲。曾嘉祥的手下移到畢聲義的腰窩，縱身挺入，畢聲義的呻吟一瞬之間竄到房間頂端，在天花板反覆迴旋逐漸累加，像一段優美的旋律。旋律忽快忽慢，時而驟然停頓，時而快速奔流，畢聲義雙眼半闔眉頭微蹙，像在忍耐疼痛，又像在忍受歡愉。

不能承認，不能掩藏，神智無可奈何地在理智和快感之中擺盪，曾嘉祥撞擊的聲音愈來愈大，只見畢聲義眉頭蹙得更緊，神情卻是無可辯駁的歡愉。他似乎再也無法保持理智，每一次的呻吟伴隨著喘息又長又急促，他的頭仰得更高，袒露出整個頸項，彷彿即將窒息，極其渴望呼吸。他忽然轉頭用力吻住曾嘉祥，想從對方嘴裡汲取賴以生存的氧氣。

這段畫面既唯美又煽情，畢聲義的呻吟聲真實得讓李恕謙坐立難安，總覺得自己窺見老師和師丈極其私人的祕密。他轉頭想問何馨憶要不要快轉，卻看見學弟向來白皙的側臉漲得通紅，呼吸急促，喉結上下不斷起伏。突然間青年霍地站起身，扔下一句「我去廁所」就匆匆離開，背影怎麼看都像落荒而逃。

李恕謙按下暫停鍵，又起一塊何馨憶切好的西瓜放入口中。冰涼的西瓜一入口，他才發覺自己有多熱，他拉扯著領口試圖讓身體降溫，又吃了好幾塊西瓜，等了青年一陣子，才見他從廁所出來。

學弟的臉隱在黑暗之中，看不清表情。何馨憶走到他身側坐下，他感覺到青年身上泛出一絲涼意，髮絲末端還隱約滴著水，李恕謙忍不住問：「你剛剛去洗澡了?」

「沒有啦，我就洗個臉，」青年乾笑一聲，嗓音乾啞，「這樣比較不會熱，繼續放吧。」

「好。」李恕謙重新播放電影。

電影後半段沒有再出現火辣的床戲，兩個人沉默專注地看完電影，畫面結束在畢聲義跳樓的那一幕與他沉默的心聲，「我畢生所願，與你一同翱翔。」螢幕暗下，出現「臺灣同婚法於二〇一九年五月十七日三讀通過」的字樣。

李恕謙把客廳電燈打開，看見何馨憶眼眶微紅眼角含淚，似乎大受感動。

「結束了。」李恕謙問，「你覺得怎麼樣?」

「我覺得演得很好，很多糾結和掙扎都很寫實。」何馨憶拿起衛生紙拭過眼角，擤了擤鼻涕，「畢教授跳樓的時候，我都哭了。」

「噢。」李恕謙不知道要怎麼安慰情緒激動的學弟，直覺伸手拍拍他的肩，「你們辛苦了。」

投資一定有風險

「學長覺得呢？」青年的眼睛裡彷彿含著水光，直直瞅著他。

李恕謙琢磨數秒，決定實話實說：「我覺得啊……一開始，我其實有點出戲。」

「為什麼？」何馨憶吃了一驚，「你覺得哪裡演得不好？」

「也不是陸臣哥演得不好。」李恕謙斟酌言詞，「你知道我很常見到老師和陸臣哥吧？所以我一直覺得陸臣哥旁邊站的那個人應該是老師，看到別人我覺得很奇怪。」事實上是很尷尬。

李恕謙停頓了一下，又補充道：「不過等到習慣陸臣哥的扮相，後面就有比較入戲了。」

「那你覺得這部電影怎麼樣？」何馨憶盯著他，「撇除你剛才說的私人因素，客觀來說你的感想是什麼？」

「我覺得畢教授的愛情很辛苦，感覺沒有遇到對的人。像是曾嘉祥打電話跟他提分手，他有聽到畢教授會在天文館等他的電話留言，卻還是讓畢教授等了一整天。雨下那麼大，畢教授蹲在雨裡哭的那一幕，我看得很難過。」

何馨憶低聲說：「但那是不得已的吧。如果不是家裡逼迫，他也不會跟畢教授分手，他自己在家也很痛苦。」

「話是這麼說沒錯啦。」李恕謙沉吟一會，「我之所以說覺得有些地方很出戲，可能是因為跟自己認知的觀念不同吧。」

「什麼意思？」何馨憶好奇地追問。

青年的神情讓他將過去青年追問自己實驗是哪裡出錯的模樣疊在一起。學弟雖然已經出社會工作超過一年，還是一點也沒變，依舊是他認識的那個過分可愛的何馨憶，讓他總忍不住放軟了聲，更加耐性地解釋。

「學長？」

「噢。」李恕謙拉回思緒，「其實我看到陸臣哥就會一直想到老師。如果是老師，絕對不會讓陸臣哥站在天文館門口等他一整天，不會讓陸臣哥淋雨，更不會讓他哭，所以才覺得很奇怪。」

「情況不一樣吧。」何馨憶忍不住反駁，「老師家又沒有人逼他和陸臣哥分手。」

「嗯。」李恕謙不認為這是理由，但也不反駁，「我不知道，我就是覺得不管發生什麼事，老師都絕對不會讓陸臣哥哭的，不會這樣傷他的心。」如果是他，也絕對不會這樣對待自己愛的人。

李恕謙說完之後，兩人陷入沉默。李恕謙又叉了一塊西瓜，咀嚼幾口後吞下，又說：「也許老師的情況比較罕見吧？所以我才說，那是我看過最美好的感情。」

何馨憶垂眼看了看水果盤中殘餘一半的西瓜，聲音輕得像在自言自語，「學長，愛情裡不可能沒有傷害，都是兩個人互相遷就磨合，用現實打磨彼此的稜角。你說的那種完美無缺的愛情，一定有一個人付出比較多，只是你不知道或者沒看到。」

這樣的言論未免現實得令人悲傷，李恕謙很難想像老師和陸臣哥之間的付出並不對等，他聳了聳肩不多爭辯，「好吧。對了，這週末你打算做什麼？」

「想去全聯買菜。」青年滑著手機確認，「我不確定你的食量不敢買太多，週末可以去補貨。」

李恕謙自動自發地道：「那我也去吧，幫忙提東西。」

「對了，學長。」何馨憶的表情忽然變得嚴肅，「你下週四晚上有空嗎？」

李恕謙垂首確認自己的行事曆，「應該有吧，怎麼了？」

「之前說的前主管那件事，他太太威脅要提告，向我索賠精神補償費用。我後來諮詢律師朋友，由於我手上握有騷擾訊息的截圖，所以情況對我比較有利。我請朋友寄律師函，他們大概是怕了，所以約了下週四晚上去調解委員會。」何馨憶簡短地解釋，「我那個朋友在臺南，時間上不方便上來，你到時候方不方便陪我去？」

「可以啊，我需要準備什麼嗎？」一聽是這個要求，李恕謙想也沒想就答應了。他極度希望能替學弟早點解決這件事，不讓青年再受影響。

「不用。」何馨憶的唇角揚起微小的弧度，安心地輕嘆，「只要你在那裡，對我來說就很夠了。」

李恕謙推著推車跟在青年身後，看青年熟練地挑選食材，「學長，這週吃豬肉好嗎？再煮個清燉蘿蔔排骨湯，你想吃羊排還是豬排？」

「都好，再說下去我都餓了。」李恕謙小心翼翼地控制推車的速度，避免撞到前面走走停停的學弟。見青年打算轉到肉品以外的區塊，李恕謙望向推車裡的食材，「這些就夠了嗎？」

「學長，我發現你家附近有個黃昏市場，有新鮮的鵝肉和雞肉，一次賣半隻不貴，每天很多人排隊。我們可以吃吃看，我改天去買。」青年興致勃勃地提議，

「好吃的話，我們再買。」

李恕謙對吃的沒有太挑剔，但看何馨憶這麼費心，也不忍拂了青年的興致，

「好啊。」

何馨憶又轉去挑了幾把青菜，走到放調味料的走道。賣場的走道有點小，推車不好進去，青年回頭說：「學長，你在這邊等我一下，我去拿幾瓶醬料。」

李恕謙將推車推到不會擋住其他人的角落，站在推車旁邊滑手機邊等青年，幾分鐘後還不見青年的蹤影。他覺得奇怪，便走到放調味料的走道口，正好看見青年踮起腳尖伸長手臂，努力想拿最上面一層的沾醬，他伸手搆了半天，還是差一大截，不由得挫敗地放下手，又換另一隻手伸長去拿，像是為了搆到食物的倉鼠般又踮又跳，卻還是碰不到。

李恕謙被逗出笑意，他走到青年身後單手按住他的肩，避免學弟跳起來撞到架子，一手去拿目標的醬料。他比何馨憶高約一個頭，很輕易地就把沾醬拿了下來，他握著瓶身拿到青年身前，垂首在對方耳邊問：「這是你要的嗎？」

何馨憶一僵，在李恕謙反應之前已經靈活地從他懷裡竄出來，臉頰微紅，眼神胡亂看向別處。李恕謙好奇地問：「你怎麼啦？」

何馨憶用力揉了揉左耳，「學長，你下次不要靠在我耳朵旁邊講話，我耳朵會癢。」

李恕謙依言看向青年的左耳，果然如重逢那一晚在酒吧所見般，泛起可愛的紅暈，乍看之下更像正要盛開的粉色山茶花，他的心裡有股說不出的愉悅，「你怎麼那麼敏感？」

「個人體質。」何馨憶咕噥一聲，「對啦學長，你既然來了，就把其他瓶也拿一下。」

「你要哪瓶？」李恕謙好脾氣地問。

「右邊第二瓶。」「左邊那瓶麻油。」「正上方的鰹魚露。」

李恕謙照著青年的指示拿下調味料，青年轉而去挑選當季水果和鮮奶。兩個人一起排隊，李恕謙掏出信用卡結帳，青年拿著收據一項一項核對，李恕謙快手快腳地把食材放入購物袋，兩人各提兩袋食物一起走回家。

採購的東西太多，所幸室外的溫度涼爽不至於太炎熱，李恕謙走了一小段，看向身側學弟手中的兩大袋食物，一個存在已久的念頭突然浮上心頭，「我在想，如果你要這樣買菜，可能買輛車比較方便。」

「等我找到工作以後吧。」何馨憶無奈地嘆一口氣。

「不是說你。我之前就在想也許該買輛車，這樣要載人載食材都方便。」李恕謙慢慢地說，「不用拿這麼多東西還走這麼遠。」

「你從家裡去學校，坐捷運和公車就會到，有需要買車嗎？」何馨憶實際地反問，「停車也是個問題。」

「平常是用不到，但假日就有用了，出去玩也方便。停車的話，其實我租的房子是有附停車位的，只是我用不到，平常都借給別人停。」李恕謙向一樓的管理員點頭，管理員先生見他們兩手都是東西，便體貼地替他們按電梯。

「學長你人有夠好！」何馨憶驚嘆，「你知道外面停車位有多貴嗎？」

李恕謙淺淺微笑，「反正我暫時用不到，不過買車之後，就會把停車位收回來自己用了。」

「你想好要買什麼了嗎？」何馨憶見男人自有規劃，忍不住多問，「新車還是二手？」

「我還在考慮，我有同學推薦馬自達6，但我還在想可能會買豐田Altis。我是打算買新車，就不用一直修東修西。」

李恕謙踏進電梯，用手肘壓著開門鍵等青年進來。見學弟似乎想發表什麼意見，他笑了一聲，「到時候就可以載你買菜，既得利益者就別再反對了。」

「我不是反對，是怕你花太多錢！」何馨憶直覺反駁，「學長，你平常有在記帳嗎？」

「沒有耶，不過我有一個定存帳戶和一個受薪帳戶，受薪帳戶每個月都會固定轉一筆金額到定存帳戶，剩下的用來支付每個月生活費。我付款都是用信用卡，每個月繳款的金額差不多，所以可以大概估算一下。」李恕謙老實交代。

「可是還有水電費、瓦斯費、伙食費和租金，這沒有算在信用卡帳單裡吧？」何馨憶犀利地指出，「你買車的話，應該還要考慮燃料費、停車費和牌照稅，你有算嗎？」

青年雖然很嚴肅，但李恕謙卻只想笑，「你講話有點像我媽。」

「學長！」何馨憶叫了一聲，「我很認真在跟你講！」

「我知道。」李恕謙踏出電梯走到自家門前，把手中的購物袋放下，掏出鑰匙開門，「先進去吧。」

何馨憶跟著走進李恕謙的住所，「學長，我覺得你是不是該把每條帳目都列清楚再考慮啊？」

李恕謙垂眼看著把東西放到冰箱還不停碎碎念的學弟，青年過於認真細究問題的樣子真是一點都沒變，也難怪指導教授會放心把實驗室的帳目交給他管。

某種異想天開的盤算忽然從心底竄出來。

「學長你現在出的是兩人份的伙食費耶，要買車是不是該再節省一點啊？至少要好好記帳啊。」

李恕謙凝視著義正辭嚴的青年，半開玩笑地試探，「不然你幫我記帳好了，你不是很擅長嗎？」

投資一定有風險

何馨憶微愣，隨後抿緊唇瓣。李恕謙自覺玩笑開得太過正要改口，青年卻半嘲弄半認真地說：「我幫你記帳，那你的帳戶要歸我管嗎？」

「那有什麼問題。」李恕謙頷首，他想的確實是這樣。

何馨憶詫異地問：「學長，你認真的嗎？」

李恕謙走進房間，拿著一本存摺和一張提款卡出來遞給青年，「這是我的受薪帳戶，就是支付生活費的，你之前不是有幫我整理繳費帳單嗎？現在伙食費也是你在處理，那用這個一起繳好了，我要用現金的時候再跟你說。密碼等下寫給你。」

何馨憶嚇得瞠大雙眼，「學長，你太誇張了吧！」他把提款卡和存摺推回李恕謙懷裡，「這種東西可以隨便交給別人嗎？」

「你又不是別人。」李恕謙確實不會輕易把自己的身家帳戶交付給別人，但是青年不是其他人。他神態認真，輕聲問：「我看過你管實驗室的帳，所以信任你，我錯了嗎？」

「這不是信不信任的問題。」何馨憶看著沒搞清楚問題在哪裡的男人，抿了抿唇，雙手環胸直白地說，「你應該找女朋友幫你管帳戶吧？」

「我現在沒有女朋友。」李恕謙回想一下過去的兩任女友，一個對金錢沒什麼概念，一個只打算規畫自己的人生，他又補一句，「就算有也不一定會想管吧。」再說，他無法理解為什麼會跳出一個不在討論範圍內的話題。

青年張了張口似乎想再說什麼，李恕謙又將存摺和提款卡遞到他面前，「你就當作是幫我節流，等我買車以後就可以載你去買菜了，這樣不是很好嗎？」

事實上青年管帳的方式比他有系統多了，還會幫他整理要繳的水電瓦斯費帳單。另一方面，目前的生活開銷都是青年在負責繳納，每次要請款總是拐彎抹角地問他何時有空。學弟臉皮太薄，每次問他都忍不住替對方尷尬。如果直接將帳戶交給對方管，可以一次解決所有問題，那也沒什麼不好。

他見青年有點動搖，又循循善誘，「你不用覺得有壓力，這個帳戶設定每個月會自動轉帳到我的定存帳戶，所以也不怕你亂花錢，裡面的錢都是用來負擔生活開銷而已。」

何馨憶遲疑半晌，終於還是接了下來，「我會開一個Google試算表和你共享，在上面記錄收支明細，發票也會留下來每個月跟你對一次帳，避免出現爭議。」

所有的流程都和青年過往管實驗室的帳款一樣，李恕謙很放心，「很好啊，就拜託你了。」

「嗯。」青年輕輕點頭，看起來欲言又止。李恕謙習慣性地問：「怎麼了？」

「你記得我週四有一個調解委員會嗎？」何馨憶垂下頭盯著地板，「學長，我能不能拜託你一件事？」

「什麼事？」李恕謙盯著低著頭只露出白皙頸項的青年，心底盤算只要是能力所及的要求，他必然會答應。

「就是、就是——」何馨憶連說兩次「就是」，卻講不出下文。明明已經想了好幾天，那句話卻說不出來。他握緊了手裡的存摺和提款卡，腦海裡瞬間轉過好幾個念頭，他嚥了口唾液，本想打退堂鼓，卻聽見男人熟悉的鼓勵語氣。

「有問題就說，我做得到就會幫你。」

那一瞬間他感覺像回到過去，回到每次學長都會出面替他回答指導教授咄咄逼人提問的時刻，彷彿學長在就可以替他解決一切困難。他閉了閉眼，忽然決定破釜沉舟，飛快地說：「下週四可以假裝是我男朋友，陪我去調解委員會嗎？」

話才落下，他頓時感覺到氣氛一滯。他不敢睜開眼睛，手心握得更緊，心跳劇烈，喘了幾口氣後又說：「我怕，前主管可能會、會想對我怎麼樣，如果、如果，讓他知道我有男朋友，那、那、也許、我是說——」

說到這裡，他忽然接不下去，瞬間後悔自己的衝動，以為學長交給他存摺和提款卡，就像是在對方心裡有了個特殊的位置。他又嚥了口唾液，慢慢抬起頭看向還在沉思的李恕謙，嘴巴動得比腦袋更快，「啊，算了！當我沒說。沒事，學長。」

青年的要求出乎意料，卻不是強人所難。李恕謙看著緊張萬分的學弟，他太熟悉青年這個樣子，這通常是出現在老師詰問時，被發現自己沒看完全部文獻時顯露的心虛。這個學弟老實得說不了謊，連找藉口都會結巴，李恕謙從來沒拆穿過他，指導教授也沒有。

「好啊。」青年不惜說謊都要提出這個要求，可見這對青年來說很重要，李恕謙既然知道了學弟的需求，自然不會視而不見。

何馨憶眨了眨眼睛，不太確定自己聽見同意的回覆。他應該要感覺高興，卻知道這不過是自己騙來的溫情，如果有一天學長發現自己不過是利用他的同情心，騙他假裝同性戀，會不會一氣之下斷絕往來？

「還是算了。」他聽見自己乾澀的聲音，「沒關係。」

「何馨憶。」李恕謙雙手環胸，第一次喊出青年的全名，他露出自信的微笑，「我既然答應了，就不會反悔。同樣的，你提出了要求就不要反悔。」

窗外的喧囂倏然寂靜，何馨憶怔怔看向男人，那一刻他彷彿看見在研討會上，李恕謙神色自若地報告，游刃有餘地回答眾多刁難疑問的模樣。男人對自己說出口的所有事物胸有成竹，心堅似鐵。那是他曾滿心狂熱地站在臺下仰望，最引以為傲的學長。

男人的態度激起他無端的信心，不安褪去了大半，他只想最後再確認一次，「假裝男朋友你會不會覺得很彆扭？」

「你看到老師和陸臣哥會覺得彆扭嗎？」李恕謙反問道。

「那不一樣，他們都結婚了。」他輕輕搖頭，「而且你又不是……」

李恕謙神態輕鬆，「我沒交過男朋友，沒有實戰經驗。既然要假裝，那只好拿我認識的那一對當作參考了。」

他見青年手足無措，柔軟的情感瞬間湧上來，心隨意動，他輕輕拍著青年纖瘦的背脊，神色放得溫柔，「小憶，能夠幫上你的忙，我很高興。」

Be Care For
What You Invest For

投資一定有風險

✦

第三章

投資一定有風險

調解委員會約在板橋。週四下午李恕謙提早結束工作，先回家和何馨憶會合，他走進家門，只見學弟穿得很正式，眉頭輕皺掩不住憂鬱。他挑起眉，「你吃飯了嗎？」

何馨憶搖搖頭，「我吃不下。」

李恕謙也不勉強，「那我路上買點東西先墊胃，處理完再去吃飯。」

「嗯。」何馨憶輕輕應聲，背起背包，裡面是筆電和列印出來的各種騷擾訊息截圖。他沉默地站在客廳中間，等李恕謙準備。

李恕謙簡單梳洗一下，隨身只帶了皮夾，就跟青年一同出門搭捷運。板橋調解委員會在捷運板橋站附近，彼時正是下班尖峰時刻，捷運站內擠滿上班族，兩個人隨著人潮上了捷運，就被擠到車廂中間。車廂內人很多，何馨憶個子不高，長時間拉著吊環很費力，他乾脆不拉只是站著，李恕謙站在他前面單手拉吊環，等待捷運關門開車。

捷運一開動，何馨憶頓時重心不穩微微向後倒，男人眼明手快地單手環住他的腰，指掌搭在背包上使力撐住，但力道沒控制好，何馨憶反而撲向他，整個人趴在李恕謙懷裡。車廂裡人潮擁擠，一有空間乘客便往那湧去，瞬間便填補了他剛剛的空缺，頓時進退不得。車廂的空氣悶熱，他又靠李恕謙那麼近，搭在腰上的手臂很燙，指掌之下的胸膛也很燙，一時間他只覺得自己熱得汗水幾乎要溼透整件襯衫。

「你有撞到嗎？」李恕謙低聲詢問埋在懷裡不出聲的學弟，忽然有點擔心。青年輕輕搖頭，髮絲搔過李恕謙的胸口，李恕謙覺得有些麻癢，忍不住想笑。但見學弟整趟路程都很憂鬱，不是笑的時機，他又收回笑意尋思找個話題打發時間。

「你好瘦。」李恕謙用手臂丈量著學弟的腰圍，他單手就能環住青年的腰，還能支撐學弟大半的體重，明明青年的食量和他差不多，「你吃的飯都長到哪裡去了啊？」

「我也想要長得高一點啊，」何馨憶轉開注意力，語帶委屈，「學長好好啊，長那麼高拿東西都不用踮腳，你是不是很會打籃球？」

這幾句話之間毫無邏輯可言，李恕謙試圖理解學弟的思路，「我以前有打過幾次，不過我覺得這可能跟基因有關吧，我爸也很高，但是我媽很矮。」

「噢。」何馨憶輕聲說，「我家都很矮。」

李恕謙察覺學弟的落寞，熟練地安慰對方，「沒關係啊，矮一點也有好處，走路才不會撞到招牌或門框，逃難時還可以鑽進小洞裡，而且長得高的人很容易被瞄準，沒什麼好的。如果地震天花板塌下來，一定也是高的人先被砸到。」

男人的安慰也是亂七八糟，何馨憶忍不住笑出聲來，「學長，你在說什麼啦？」

李恕謙微微一笑，「高矮都各有優缺點，沒什麼好羨慕的。」

何馨憶「嗯」了一聲，偷偷抬眼覷向男人，輕聲問：「學長，你以前的女朋友都是哪一型的啊？可以問嗎？」

李恕謙思考數秒，其實他兩任女朋友的個性不太一樣，硬要歸類的話——「大概是很有主見的那種吧。」

「噢。」何馨憶輕抵著唇，又問，「你喜歡那一型的喔？」

「也不算是，主要還是看感覺吧。」李恕謙想，倒不如說似乎只有那一型的女生會向他告白。

「那，」他小心翼翼地問，「你們為什麼分手，我可以問嗎？」

「嗯。」李恕謙也不避諱，簡單解釋，「第一任是因為目標不一樣吧，我大四的時候已經確定直升碩班，就進實驗室了，隔年成績又可以直接抵免博士班資格考的筆試，老師當時問我要不要考慮直攻博班，跟家裡討論後決定要走學術界，所以就答應了。當時女朋友想結婚，但是我還沒開始工作，覺得結婚有點不負責任，兩個人觀念不一樣所以才分手。

「至於第二任，她後來申請到國外的研究所，遠距離的關係我就被甩了。」

他講得簡單，主動避過在分手之前有第三者介入的事實。

「你很難過嗎？」何馨憶微微仰頭，瞅著他。

「也說不上。」李恕謙也不會形容，「反正就是時候到了吧。如果會在一起的話，怎麼樣都能走下去，走不下去也不用勉強。」

何馨憶偏著頭，「學長，你到底有沒有喜歡人家？你們怎麼開始交往的？」

「第一任是我高中同學的同學，我念大學的時候回去參加高中同學會，大家一起出去玩的時候認識的，當時很談得來對方也有暗示，我覺得可以試試看就交往了。第二任是老師的專題生，進實驗室後我負責帶她，她是個很會規畫自己未來的女生，學期末她跟我告白，我覺得試試看也不錯。」李恕謙講得很坦然。

何馨憶垂下眼，低聲問：「有女生告白就答應，你是不是都不會拒絕啊？」

從沒人問過他這個問題，李恕謙想了想，「也沒有不答應的理由吧，沒有試試看怎麼知道合不合適？直接拒絕也太武斷了。」他向來抱持著凡事無絕對的心情去嘗試，如同對研究的態度。

「那……」那如果是男生呢？何馨憶垂下頭，連話都不敢說完。

「什麼？」李恕謙沒聽到後續正覺得奇怪，垂首只看見學弟低垂的頭顱和纖細白皙的頸項，忍不住問，「小憶，你不舒服嗎？」

「沒有。」何馨憶煩悶地嘆息，「我是在想，你對你帶的學弟妹都好好，學長真是個好人。」

「會嗎？因為都是學弟妹嘛。」李恕謙倒不覺得這有什麼，「多照顧一點也是應該的。」像是他一看到青年落魄，就無法撒手不管。

「嗯。」何馨憶輕輕地問，「學長，如果你碰到的是其他學弟妹，你也會讓他們借住你家對嗎？」他不清楚自己為什麼要再問一次，好像多問幾次能讓自己知道其實在學長心中他一點也不特別，就可以說服自己保持距離一樣。

李恕謙試想其他情況，若是真有其他學弟妹向他開口，他應當不會拒絕，「借住一陣子沒關係，總不能讓他們流落街頭。反正我有能力，可以幫忙就多幫一點。」

「學長就是這點好。」何馨憶低笑一聲，差一點在聲音裡洩出泣音。他深吸幾口氣，鼻尖只聞到學長家沐浴露的香氣，香氣帶起的回憶和情感讓他瞬間頭暈目眩。這樣下去不行，他稍稍後退，想要拉開和男人幾乎相貼的身體。

李恕謙感覺到學弟的舉動，低聲問：「很熱是不是？」

「啊嗯。」何馨憶模糊地應了一聲，只聽見男人溫聲說：「再忍一下吧，後面幾站就不會那麼多人了。」

他沉默地點頭，沒再說話。

李恕謙感覺到學弟低沉的情緒，猜想是等會要開調解委員會的壓力，便柔聲安慰，「證據不是都準備齊全了嗎？不用擔心。」他想到現在的身分是青年的假男友，便學著指導教授安撫陸臣哥的方式，收緊手臂輕輕拍著青年的肩背，「我會在你身邊，一切都會沒事。」

在最頹喪最黑暗的時刻，男人恰到好處的溫柔安慰直擊他的心坎，何馨憶深吸一口氣撇過臉。從以前累積的好感一瞬間飆升到頂，氾濫成災，他忽然萬分後悔找李恕謙陪他來這一趟。他小小嗚咽一聲，感覺自己正站在懸崖邊緣，就要萬劫不復，他閉了閉眼一口氣說道：「學長，我覺得你不能這樣。」

「哪樣？」李恕謙疑惑地問。

「就是、就是，」何馨憶逼自己抬臉正視李恕謙，「你的好要有限度，如果你對每個人都那麼好，很容易造成誤會。」他見男人要開口，又搶先說道，「就算是學弟妹也一樣，你這樣很不好，如果沒有那個意思就該保持距離。」

他說完後又垂下頭。沒聽見男人的回答，他忽然覺得自己說錯話，他到底是用什麼立場去批評學長？更何況他還是「既得利益者」，這種站在制高點的嘴臉太難看了，明明開口要求的是他，拒絕幫助的也是他，再說他又有什麼立場，去嫉妒未曾謀面的學弟妹，那些同樣享受學長溫柔也許還不懂得珍惜的人？

沉默半晌，他只聽見李恕謙悠悠地說：「我倒是不知道，我沒有保持距離。」他更加無措地垂著頭，不敢看向男人。

「我並不覺得我沒有保持距離。」李恕謙慢慢地說，「事實上，我只是提供了他們正好需要的幫助而已，沒有多做。根據過往的情形來看，除了那個專題生外，沒有其他人向我告白過，我會假設其他學弟妹都沒有誤會。」

何馨憶的喉嚨發乾，尷尬地把頭壓得更低，完全不敢承認自己就是雖然沒有誤會，卻仍然傾心還不敢告白的那一個，「我隨便亂說的，學長對不起，別在意。」

「不。」男人的聲音滿是思索，「你既然這麼說，一定有你以為的原因吧。」他垂眼看向垂首的學弟，「所以我剛剛想了很久，這樣會讓你誤會嗎？」

絕對會，也絕對不會。他吞了口唾液，他能妄想把這樣的溫柔當作是男人的情意，卻又足夠清楚地知道一切都是妄想。

佛有八苦，他覺得最苦的是最後一項——最近的距離，最遠的心意。求不得。

下一刻，捷運靠站停車讓他倏然前傾倒向男人，他感覺到人潮開始移動，一大半乘客準備下車了。他掙脫李恕謙扶在自己腰上的手臂向後退開，這才抬頭看向男人飛快地說：「沒有，學長。我沒有誤會，你不要想太多。」

男人垂眸凝視著他，他向後退一步側身站到一旁乘客的斜後方，避開男人的視線，「學長，我們快到了吧。」

「嗯。」

他站到座位前方伸手握住扶手，躲在其他乘客身後，垂著頭開始滑手機。直到李恕謙伸手拍他的肩，他才反應過來已經到捷運板橋站了。兩個人一前一後下車走出閘門，往調解委員會前進。

一走出捷運站，李恕謙就靠近伸手去握他的手，指掌下滑十指與他牢牢相扣，他嚇了一跳，「學、學、學長！」

「你不是叫我假裝你男朋友嗎？」李恕謙詫異地問，「現在不用了嗎？」他既然答應青年的要求，自然要做得盡善盡美。

「啊，但是，那個，我是說——」他的嘴巴開開闔闔，「不用做到這樣。」

「那不然要怎麼樣？」李恕謙受教地問，「我看老師和陸臣哥都這樣握，還是你想要別的握法？」

「是、是這樣嗎？」何馨憶忽然覺得他幫自己挖了一個很大的坑，突然間進退兩難，「沒、沒事。」

「那走吧。」李恕謙淡然自若地扣著青年的手走向調解委員會。

投資一定有風險

何馨憶一路上心裡七上八下，看見好幾個路人因他們相扣的兩隻手而回頭，他更加緊張手心微微冒汗。他覷向學長，李恕謙目不斜視地一直往前走，絲毫不受旁人影響，男人的態度感染了他，他深吸一口氣抬頭挺胸，和李恕謙一起走進調解委員會。

他們到的時間比預定早十分鐘，何馨憶的前主管夫妻還沒到，調解人員剛結束上一個案子。何馨憶向櫃檯報到，便與李恕謙走到一旁等待。

前主管夫妻遲到幾分鐘，等待造成難以言喻的心理壓力。李恕謙見青年坐立難安，他收緊掌心，學弟心神慌亂地望向他，他淺淺微笑，同時感覺到青年在他的微笑中逐漸放鬆下來。

數分鐘後那對夫妻抵達，兩方的調解正式開始。

青年前主管的妻子聲淚俱下地指控何馨憶勾引她丈夫，致使她家庭破碎，前主管則是表露出一臉悔意，說是青年主動誘惑讓他把持不住，兩方前後言語夾攻，明裡暗裡向何馨憶索賠。何馨憶出示前主管寄來的所有性暗示訊息截圖，上面詳細列出發送時間與手機號碼，以及前主管妻子威脅要鬧到他任職公司的錄音。

在調解人的裁決下，何馨憶放棄追討聲譽損失的金錢賠償，只要求對方親筆寫一封信函坦承自己有失作風，並複印信函發給其部門主管。調解人員則要求前主管夫妻不得在日後毀謗何馨憶的名聲，若再發生何馨憶可依此調解書聲討聲譽賠償金，兩方同意後分別在調解書上簽名。

何馨憶簽完名後，眼見前主管擺脫妻子走過來要和他說話，他下意識後退到李恕謙身側，男人伸手扶住他的肩，將他攬進懷裡沉聲問：「請問你有什麼事？」

貼著他背部的寬厚胸懷給予他勇氣，他安下心下意識往後靠。

何馨憶的前主管雖然不矮，但李恕謙人高馬大，環著青年顯得氣勢十足，前主管下意識止步，「我想跟馨憶說幾句話。」

那個男人儀表堂堂，李恕謙難以想像對方在衣冠楚楚的外表下居然能寫出那麼下流到不堪入目的句子，現在還有臉把青年的名字叫得那麼親熱，無恥至極。

他垂首看向懷中的青年，學弟緊抿著唇臉色沉鬱，他知道青年為了這件事心力交瘁，甚至必須離職。他的學弟可愛又貼心，行得正做得直，憑什麼要被這種人糟蹋？

「他不想跟你說話，請你以後不要再騷擾他，調解等同法律效力，請你遵守法律。」他抱著青年轉身，和櫃檯確認日後細項，又留下自己家的通訊地址，牽著青年的手一路走到捷運站。青年全程都沒說話，李恕謙盤算著晚餐，「我們去逛夜市好不好？」

「不要去公館，吃得好膩。」何馨憶下意識拒絕住所附近的商圈，他研究所時期都在那裡度過，吃到不想再吃。

「不然去饒河夜市？」李恕謙提議道，「你去過嗎？」

何馨憶搖搖頭，「會不會很遠啊？學長，你明天不是還要上班嗎？」

「還好啦，反正週五都沒什麼事。」李恕謙牽著青年搭捷運，過了尖峰時刻捷運上的人不多，兩個人相握的手無法藏在人群之中。何馨憶有點緊張地偷瞧學長，男人似乎沒有要放手的意思，他也不想提醒對方，結果兩個人一路十指相扣坐到松山站。

何馨憶不餓，也不想太早回家，他拖著李恕謙走了一圈饒河夜市，點了份豬腳邊走邊吃，逛到接近十一點兩人才打道回府。

一坐上捷運座位，疲倦感便湧了上來，何馨憶垂著頭打起瞌睡，直到李恕謙叫他，他才發現自己睡到倒在男人肩上，口水流出嘴角。他羞窘地用衣袖擦掉唾液，抬眼時正對上男人含笑的目光。他微愣，男人順勢牽著他下車，一路走回家，要開門時李恕謙用空著的那隻手，以彆扭的姿勢從另一邊褲子口袋拿出鑰匙開門。

一踏進家門，何馨憶宛如扔掉正要爆炸的手榴彈般瞬間抽開手，「學長，你先去洗澡好了，明天還要上班。」

李恕謙也不推辭，「那等下換你，你休息一下吧。」

何馨憶目送學長拿著換洗衣物進浴室，手中殘留著男人握住他的觸感，曾經扣住他的指掌寬大又溫暖，和對方給人的感覺一樣。

投資一定有風險

他住進來之前，沒有想過情況會變得這麼不妙。男人的溫柔比他預想的更加來勢洶洶，卻不是他想要的那種，如果多住幾天，或許就再也走不了了。

冬天下雨的臺北很冷。他坐在速食店裡用餐，身後傳來耳熟的聲調。

「靠北，你說何馨憶那個娘娘腔？我上次好像有在附近看到他。」

「太噁心了，真想把他褲子脫掉看他有沒有卵葩。」

「我們可以把垃圾桶倒在他桌上。」

「把書包藏到廁所裡。」

「桌子搬到走廊。」

一句一句不堪的言語讓他身體發寒，指尖冰冷得失去知覺。他垂下頭將身體縮進座位裡，試圖把自己藏起來。如果現在站起來走出去，一定得路過那群人身邊，他不敢。

「小憶，你在這裡吃飯？」

他猛然抬頭，看見李恕謙關懷的臉。他在心裡吶喊不要把名字叫得那麼大聲，後面的那些人會發現他，會走過來實踐剛剛說的所有惡行。他吞了口唾液，感覺身後有好幾道惡意的目光。

「你要跟我一起走嗎？」李恕謙又問。

要。他匆匆拿起背包，連餐點也不吃了，「一起走，學長。」

他跟在李恕謙身側，藉由李恕謙高大的身形擋住那些再也不願意見到的人。李恕謙彷彿感覺到他的畏縮，忽然握住他的手十指相扣，他反射性地扣緊指掌，抬頭看向李恕謙。

男人側頭望向他，他揚起頭看見李恕謙俯身，臉龐愈來愈靠近，將唇印在他的唇上，那個吻輕飄飄的，他沒有什麼知覺。忽然間，他們回到家，他放下心伸出手想抱緊李恕謙，卻感到手中一空，他慌張地大喊：「學長！」

何馨憶猛然睜開眼睛，怔怔地看著天花板，數秒後才意識到已經搬離租屋處，這裡是李恕謙的家。

投資一定有風險

他的夢境是半真半假，帶著心底最深的渴望。

事實上，當年李恕謙並沒有出現在那間速食店，他最後是強撐著意志匆匆逃離那群人。那陣子他一直很害怕在學校周邊遇見那幫國中同學，許多常去的店家都不敢去，每次都以要做實驗為由請李恕謙幫他帶午晚餐。

他窩在實驗室卻完全看不進任何 **paper**，還把實驗做得一團糟，最後甚至被指導教授叫去問他還想不想做研究。他永遠記得被下最後通牒的那一天，整個禮拜都過得渾渾噩噩，在實驗室孤注一擲地亂做實驗，所有結果都不能用。

他走投無路在實驗室崩潰大哭，被巡邏的校警發現，門房守衛幫忙聯繫實驗室聯絡人，電話打到李恕謙那邊。他記得當年丟臉得根本不敢看學長的臉，只聽到學長再三感謝校警後，帶他返回住處。隔天的研究會議也是李恕謙代他報告，他抱著鴕鳥心態窩在李恕謙的宿舍，希望指導教授不要因此放棄他。

他以為自己早就把那些狼狽的事蹟丟到記憶深處，卻想不到午夜夢迴時，回憶從海的另一邊被推上岸。他慢吞吞地爬起身走到浴室刷牙，邊刷牙邊盯著鏡中的自己看，鏡中的他雙眼無神頭髮亂翹。

他當年被過往的記憶壓得翻不了身，不敢正面迎上惡勢力。如果是現在的他，在經歷了工作與性騷擾，跌入深淵陷入人生最低潮，又靠著旁人的幫助走出來，那些糟糕的言語已經不算什麼，若再看到那些人應該也有能力自己面對。

據說雛鳥出生一段時間後，母鳥會將雛鳥從半空中推下樹枝，逼迫雛鳥展翅飛行，生物在逆境之中的成長速度最為驚人。他想，在經歷這些事後他也算是重生了。換一間公司，消去過往的記錄，一切重新開始。

他用力漱口，用清水拍打自己的臉頰，再三給自己打氣。加油，加油，加油，何馨憶！今天的面試也要加油！他要像一隻歷劫重生的鳳凰，再度展翅高飛！

這個月何馨憶前前後後面試幾個工作，除了李恕謙介紹的磊晶部門之外，還有其他科技公司的製程單位，甚至有一個製程主管問他要不要考慮客服工程師的職務。

「我看你反應靈敏，口才也不錯。如果不想輪班的話，我們還有客服工程師的職缺。」身兼製程部和客服部經理的面試官解釋道，「這個工作比較接近業務，上班時間彈性，不用輪班。不過有時候要在外地過夜，幫客戶處理機臺問題，還要安撫客戶的脾氣。」

何馨憶拿著筆記本記重點，「我可以請問待遇的差別嗎？」

「計算方法不一樣，工程師輪班的話，超過八小時可以申報加班費。至於客服工程師的薪水是固定的，彈性上班時間所以沒有加班費，不過每個月會有車馬費補助，可以拿加油的收據報帳。」男人頓了一下，又說，「你有想過未來的職業發展嗎？你想要工作和生活達成平衡，薪水普通就好，還是趁年輕拚一下，以後想做主管？」

何馨憶靜默一秒，「年輕的時候想拚一下，年紀大一點以生活為主。」

男人雙掌扣合，眼神誠摯，「那我建議你還是選製程單位，這個職位的年資比較值錢，未來要升遷會更有籌碼，到時候升到製程單位的主管階級，會比工程師輕鬆一點。客服工程師當然也有升遷管道，不過如果要升遷，大部分的人都會選擇轉業務，不轉的話客服工程師很難看得見績效，但好處是不用輪班，日夜顛倒的情況少，生活比較平衡。」

「我知道了，我會考慮。」何馨憶在筆記本上迅速註記，「謝謝學長。」

面試官是大他好幾屆的大學學長，雖然並不認識，但是對方一看到履歷就先自我介紹，他才體會到校友的力量不僅僅限於交友圈。

男人揮揮手，「都是同個學校學弟妹，當然要關照一下。你考慮幾天吧，下週一之前回信給我就好。」

「好。」何馨憶站起身背起背包，輕輕鞠躬，「那我先出去了。」

「希望可以聽到你的好消息。」男人喝了一口茶，「幫我請下一位進來。」

李恕謙感覺到青年今天特別沉默，「怎麼了？找工作不順利嗎？」

「不是，我只是有點迷惘。」何馨憶扒著飯，「還沒想好要做什麼工作。」

投資一定有風險

「已經有offer了嗎？」李恕謙輕輕拍著青年的肩，「不錯啊，在哪裡工作？」

「南港。」何馨憶夾了一口菜，他整天都心煩意亂，「還沒想好要做哪一個，我順便在附近繞了一下，那邊房租好像也挺高的。」

李恕謙沉吟幾秒，回房把筆電搬出來放到客廳桌上，將菜餚推到一邊，「房租合約再三個月到期，其實我之前就有考慮，但打算等你確定工作地點再說。」

他點開591租屋網，與捷運圖的視窗並開，「如果我們租在這幾站附近，生活機能好，租金沒那麼高，離市中心也算近。你覺得怎麼樣？」

何馨憶一愣，還沒開口男人便接著說：「我想過了，一個人租房要找那種有廚房的套房很少又很貴，不如我們租兩房一廳一衛。雖然沒有比你一個人租套房便宜，可是可以有客廳和廚房，你也可以煮菜。你應該吃不慣外面的菜吧？」

乍聽之下似乎很有道理，他差點就被說服，又突然想起他要搬出去的初衷。他搖搖頭，鎮定地堅持自己的立場，「這樣我們至少有一個人要轉車兩次，太辛苦了。沒關係啦，學長。」

男人微微一笑，「我們可以住板南線，靠你那近一點，我可以開車上班。」

「什麼車？」他覺得自己的記憶混亂了，「學長你什麼時候買車的？」

「還沒買啊。」李恕謙奇怪地看他，「錢不是你在管嗎？我還想等你找到工作以後找你跟我一起去試車，然後我們可以開始找房子。」男人邊說邊開了幾個租屋網頁，「你覺得這幾間怎麼樣？這週末找時間去看可以嗎？」

「等等等等！」他有點跟不上李恕謙思考的速度，「學長，你什麼時候要試車？」他看著男人點開的網頁，忍不住說，「這個是捷運共構，一定很吵，不要。這個環境好像不錯，屋齡是幾年啊？三十年會不會太老？電梯有沒有定期維修？等一下，這間在夜市裡面，晒衣服一定都是食物的味道，不行啦！」

李恕謙又開了其他間租屋網頁，「那這個呢？還有這個跟這個？」

他認真地閱讀上面的文字說明，「這個浴室沒有開窗，很容易長黴，不好。這個旁邊都是大廈，陽光進不來白天一定很暗，不要。欸學長，這個有附停車位和機車位耶，好像不錯！」

投資一定有風險

李恕謙在一旁記錄，「那我等下來打電話，這週六去看怎麼樣？先約早上，你再多看幾間，這週末看一看就可以決定了，然後下週去看車吧。」他把自己的碗和桌上的空盤子拿去洗，「你慢慢來先吃飯，碗我來洗就好。」

「噢。」何馨憶心不在焉地應聲，心思全都在網頁上，他認真比對租金和地理環境，隨意地扒乾淨飯碗就放在桌上。李恕謙把桌上剩下的菜用保鮮膜包好收進冰箱，洗完青年的碗，又照對方平時的習慣切了一盤水果放在桌上，坐到他身側，「怎麼樣？」

「我看了一下，第一間的性價比最高，有汽車和機車停車位。不過第二間的房間比較大，住起來比較舒服。第三間的生活機能很好，全聯走路就能到，附近也有便利商店，要繳款什麼的很方便。」何馨憶做了一張表格仔細比較，淺顯易懂還列出各種優缺點，李恕謙頷首，「那我來打電話吧。」

「嗯。」何馨憶自然地叉起水果，這才反應過來，四處探看自己的碗。

李恕謙見狀，一邊等屋主接電話同時用口形問他，「找什麼？」

「碗。」何馨憶輕聲說。

「洗了。」李恕謙指了一下流理臺，青年點點頭，便等著他講電話。

李恕謙很快和三個屋主談定時間，週六早上十點看一間，下午一點看第二間，兩點半看第三間。青年將約定時間打在表格上，李恕謙道：「那就這樣吧，如果不滿意，我們下週再看其他間，週六傍晚去買菜。」

「好。」何馨憶打開手機清單，「醬油要買，還有衛生紙用完了，牙膏也要買一條。洗髮精也是，學長有慣用的牌子嗎？」

「沒有。」李恕謙搖搖頭，「我都是看哪瓶特價就買那瓶。」

「那我覺得可以買跟現在一樣的。」何馨憶淺淺微笑，「我喜歡現在用的牌子。」

「你決定就好。」李恕謙站起身，「那我先去洗澡。」

何馨憶叉了一口水果慢慢地吃，邊翻開手中的筆記本，思考要選擇的職業。他還沒決定，男人已經洗好了，「換你啦。」

投資一定有風險

「噢。」何馨憶慢吞吞地拿著換洗衣物進浴室，漫不經心地洗澡，一邊還想著如果選製程工程師要輪班，是不是就不能回家煮飯了？還是要選客服工程師好呢？薪水雖然稍微低一點，但是房租如果沒有預期那麼高，李恕謙買車以後又可以把加油的收據拿去報帳，好像不無小補，而且生活也相對穩定。

他邊洗邊想，擦乾身體穿好衣服走出浴室，看見李恕謙正在拖地，急忙走過去，「學長，我來就好。」男人收留他還不收房租伙食費，他做這點家事應該的。

「你坐著吧，我快拖完了。兩個人一起住，家事本來就要輪流做，以後也是一樣。不然到時候我們兩個人都有工作，不可能都讓你做吧。」李恕謙手長腳長拖地很快，「你沒住進來以前我也是自己拖地，不會很辛苦。而且你以後如果工作回家還要煮飯，再叫你做其他家事太過分了吧。」他換掉魔布拖把上的溼紙巾扔到垃圾桶，「我去倒垃圾，你想看電視的話可以選一部，等我回來看。」通常吃完飯他們會一起看 Netflix 打發時間。

「好。」何馨憶見李恕謙已經拿了垃圾準備出門，就從冰箱拿出兩罐可樂放在桌上，打開 Netflix 用男人的帳號開始選片，心裡想著今天的面試，還是拿不定主意。

「你想要工作和生活達成平衡，薪水普通就好，還是趁年輕拚一下，以後想做主管？」

其實以他的個性比較想選前者，可是又怕現在不努力多存一點錢，以後老了沒有存款也沒有子女，晚景淒涼。但是要他競爭往上爬，當主管帶屬下，也不符合他的個性。當主管的話還是要像李恕謙那樣，不一定要有魄力，卻能看出每個人的能力分配適合的工作，還能照顧對方的情緒。

他沉悶地呼出一口氣，一時間竟做不了決定。等李恕謙回來後，他隨手選了一部電影，漫不經心地和對方一起看。這是一部拍了一系列的動作片，主角群很愛開車。

李恕謙看得認真，他悄悄用眼角餘光瞥去，看見男人專注觀賞的側臉，鼻梁挺直唇線放鬆，坐在他身側的寬闊肩膀像是能擔起所有重擔。他忽然想起在調解委員會那晚男人攬他入懷，替他阻擋來自前主管的惡意。

他忽然安下心。暫時先不要想了，好好和李恕謙看完一場電影再說吧。

Be Care For
What You Invest For

投資一定有風險

✦

第
四
章

投資一定有風險

人只有一條路的時候通常很認命，甚至會願意為此一搏賭上萬分之一的機會；若有兩個以上的選擇就開始三心二意不乾脆，選了一個後又忍不住想也許另外一個會更好。

「你工作的區域都在 Fab 6。」說話的是面試何馨憶的男人，同時也是製程部經理方海彥，在何馨憶入職當天將他交代給製程二課的資深工程師，「阿強，這是新來的學弟何馨憶，你稍微帶他先熟悉環境。」

「好啊。他要負責哪塊？」阿強的聲音透過無塵衣傳出來，何馨憶努力辨認對方在口罩和頭套以外露出的長相，只看到一雙濃眉大眼，聲音聽起來約莫三十至四十歲。

「先把三號機分給他，你訓練一下，等馨憶上手之後你就輕鬆一點。」方經理交代完之後又轉向何馨憶，「這是阿強，二課主要的負責人，你有什麼不懂的可以問他，吃飯的餐廳還有洗手間在哪裡一定要問清楚。」

「好，謝謝學長。」何馨憶禮貌地道謝，感覺到這次工作的上司和同事相處起來比前公司親切。

「我先去忙啦，阿強你有什麼事再打我手機。」方經理向兩人微微點頭，便走出無塵室。

「你好啊，叫我阿強就好。你喜歡我怎麼叫你？」阿強轉向他招呼道。

何馨憶在口罩之後悄悄彎起嘴角，「叫我小憶就可以了，回憶的憶。」

「小憶，滿可愛的名字。」阿強笑了幾聲，「走吧，我帶你看一下工作的地方。」

他隨著阿強走，阿強邊走邊介紹，「二課總共有十七個人，三個資深工程師，五個普通工程師，九個操作員。一個工程師要管一到兩臺機臺，你剛來所以管一臺就好。」

他跟著阿強走到機臺前，機臺相當龐大，有好幾個反應腔體（chamber）。幾位工程師站在機臺旁記錄數值，阿強向他們介紹何馨憶，其中一個人便笑道：「阿強，你這樣介紹怎麼知道誰是誰，等一下中午大家口罩脫下來一起吃飯。」

投資一定有風險

「好啊，飲料想喝什麼？menu傳一下等下來訂，今天我請客。」阿強拍拍他的肩，「慶祝多一個人分攤工作啦！」

何馨憶跟著所有人笑，知道製程工程師的工作雖不輕鬆，但同事相處起來很愉快，不禁放下心來。

中午吃飯的時候，阿強召集五個普通工程師連同何馨憶一起在餐廳吃飯，也跟他分享許多公司的部門祕辛。例如他們經理是事業部營運長的愛將，年紀輕輕就管兩個部門，經常忙得不見人影，總之跟著他們經理準沒錯，有朝一日一定會雞犬升天。

說到部門經理，他也有這種感覺。方經理人不嚴肅卻很可靠，說話也很實在，對學弟妹相當照顧，有點像更懂人情世故的李恕謙。也許這就是年紀和歷練的差別。

何馨憶第一天上班五點就被阿強趕走，叫他享受新手蜜月期。他回家的時候，李恕謙已經在家裡了，正坐在沙發上看汽車雜誌，一見他回來便笑道：「你回來啦。」

「我回來了。」他揚起笑，頓時覺得一陣溫暖，「第一次看學長比我早回家，好稀奇。」

李恕謙忍不住笑，「工作還順利嗎？」

「還不錯，主管感覺很親切，不過我可能以後要加班到七點才能離開，回來可能要快八點。」他評估半天，還是選擇製程工程師，就為了想在有限的時間多存一點錢。

雖然客服工程師相對彈性，還可以多更多與李恕謙相處的時間，但這些時間不過是偷來的，是假的。他像賣火柴的小女孩，即便在火光中看見短暫虛幻的幸福，終究要被凍死在現實裡。

李恕謙對他再溫柔，也都是基於學長的道義。他再怎麼留戀對方的溫柔，總有一天也必須抽身離開。

「沒關係，再過幾個月等我們搬家以後，會離你公司比較近，回家就方便啦。

投資一定有風險

我買了車可以去載你。」李恕謙寬慰地道。

「學長，我不是這個意思。」他有點無奈，他本想說不如乾脆搬出去住到公司附近，但李恕謙的說法堵住了他的藉口。他下意識嘆出一口氣，視線瞥見李恕謙拿在手上的汽車雜誌，忍不住問：「學長，你想好要買哪臺了嗎？」

「我之前不是說想買豐田 Altis？我有問車廠，業務說我們週末可以去試駕。」李恕謙翻開雜誌內頁介紹給青年看。

「噢。」何馨憶半身探過扶手歪頭看了幾眼，車子他也不懂，他只關心一件事，「這會省油嗎？」

「會吧。」李恕謙又笑，「重點是它的排氣量是 1798c.c.。」

「有什麼差？」他好奇地問。

「牌照稅不同，排氣量 1201 到 1800c.c. 是一個稅級，1801 到 2400c.c. 是另一個稅級。」李恕謙有點得意，「我可是有做功課的。」

「還不是我在算錢。」他忍不住轉頭看向李恕謙吐槽，李恕謙剛好低頭，他的唇瓣頓時淺淺擦過男人的臉頰，兩人都愣了一下。

他睜大眼，這個意外的吻像被打翻的潘朵拉寶盒，他只敢做夢的幻想瞬間成真，他的一生都被凝縮成這一刻，李恕謙的味道被無限放大。他彷彿著了魔，想再靠近一點，喜歡的情緒瞬間漫過頭，想擁抱對方的衝動一擁而上。

他往前靠得更近，陡然在李恕謙眼裡看見意亂情迷的自己，頓時像被潑了盆冷水，下意識慌張地後退，卻一時沒站穩狼狽地跌坐在地。

「哇對不起！」他還沒站起來，李恕謙已經走到他面前蹲下，「有摔到嗎？」

「沒有啦！」他悄悄後退一步，「學長，沒事。」

「小心一點啊。」李恕謙邊念邊幫他撿東西，「今天要吃什麼？」

男人的問句轉移了他的注意力，他邊收拾著散落的文具邊說：「薑汁燒肉好嗎？鹹蛋豆腐，再炒個青菜？」

「說得我都餓了。」李恕謙撿完東西便站起來，一隻手伸向他，「起來吧。」

他伸手搭上，藉著男人的力氣起身，心跳快得不像話。他偷偷端詳李恕謙，

投資一定有風險

男人似乎沒有受到影響，繼續看汽車雜誌。飯後何馨憶照例切了一盤水果，兩個人配著看了半部電影，他便藉口明日要上班把李恕謙趕回房間去，自己早早上床休息。

他窩在棉被裡緊緊閉起雙眼，一邊希望男人不要察覺異樣，一邊又荒謬地祈求對方或許真的對他有想法。他揪緊了棉被翻身，將自己縮成一團，努力催眠自己睡覺，明天還要準時起床上工。

李恕謙本想在浴室用吹風機，但何馨憶已經把客廳的燈關掉大半窩在被窩裡，他怕吵到青年，便拿著吹風機回自己的房間吹。不知道怎麼的，他忽然想起幾年前還在念碩士時，第一任女友來找他玩順便住在他家。當時女友忽然生理期，窩在他房間睡，他洗完澡後便到公共空間去吹頭髮。女友後來發現他的體貼大受感動，煮了一鍋紅豆湯帶到實驗室給他，還受到實驗室學長學弟的豔羨。

他隨手將吹風機擱在置物櫃，伸手摸了摸臉頰，方才當青年碰巧吻上他時，他的心忽然一顫，麻癢在心頭微微騷動，和前女友吻他時的感覺截然不同。他來不及深究，青年已經慌亂地退開，他頓時打消探詢的念頭。

他將房門打開一點縫，見青年翻身背對他縮在被窩裡，看起來已經熟睡。

祝好夢了，小憶。

「你覺得藍灰色怎麼樣？」

何馨憶回過神來，看著李恕謙中意的車款，老實說：「學長你喜歡就好。」

「我覺得藍灰色滿帥的。不過我同學說最好買大眾色系，像是白色、黑色或銀色，以後比較好脫手。」李恕謙在汽車前方繞來繞去，「嘖，這臺真帥！」

何馨憶有點想笑，感覺男人像看到喜歡的玩具的小朋友一樣，掩不住興奮。他鼓吹道：「喜歡就買啊！不要想著以後要賣，你不是說它的折舊率很高，賣了不划算啦，學長！」

「真的喔！」李恕謙被青年這麼一勸說更忍不住心動，業務專員識時務地上前介紹。

投資一定有風險

「這是今年最新款最流行的顏色，現在我們只剩一臺，如果您喜歡這款，我可以賣你這個價。」他用手指比出一個數字。李恕謙回頭去看青年，青年輕輕搖頭，李恕謙轉過頭便說：「這超過我的預算，我再考慮一下。」

業務專員見李恕謙有購買意願，立刻問：「那您的預算是多少呢？我看看可以給您多少折扣。」

李恕謙又回頭去看學弟，業務專員順著他的視線看過去，機靈地問：「是這位先生想買車？」

何馨憶連忙搖手趕快澄清，「不是不是，是我學長要買。」他走近李恕謙身側，「不過我學長薪水有限還有房貸要還，他本來不想買車，是我勸他說有車方便所以才來看。」

李恕謙順口附和道：「他說買車的話可以節省交通時間，時間就是金錢，所以我才來看看。」

何馨憶咳了一聲，「買車比較方便啊，以後出去玩才不用跟團，還要配合大家的時間。上下班如果住比較遠，開車也比較快。」這些話全部都是李恕謙拿來說服他一起住並買車的理由，現在換他說出來倒是說得很順口。

業務專員跟著加入話題，打算說服李恕謙，「對啊，以後你要載女朋友出去玩時間比較自由，也可以玩得更開心。」

何馨憶的笑容僵了一秒，又自然地道：「我可是說服學長好久，他才願意來買，可是現在這金額有點高，那你看看能不能幫我學長實現他想買車的願望？」

業務專員更加熱心，「當然，當然。您的預算多少？我幫您算看看可以用什麼優惠方案。」

李恕謙張口說了一個數字，業務專員面有難色，「這太低了，我們真的沒辦法賣。我很有心想解決您的問題，不過大家互相嘛，這價錢開出來我都不能做生意了，不然您看這樣好不好？」他用計算機按了一組數字，李恕謙下意識垂眼看向何馨憶，青年微微搖頭。

業務專員這下看出來了，他轉向何馨憶親切地問：「這位先生怎麼稱呼？」

投資一定有風險

「我姓何。」何馨憶笑了笑，「我學長很窮的，你看如果是這樣呢？」他把業務專員的計算機拿過去又按了一組數字。

業務專員更加為難，「這——我們真的沒有辦法。」

何馨憶老練地說：「那這樣好了。這個數字怎麼樣？但是你要送我們導航系統和高級音響，然後警示系統升級成這款，另外我想問這臺車能不能開天窗。」

李恕謙站在旁邊，全權交給青年處理，看著青年跟業務專員來來回回廝殺幾輪，終於凱旋而歸。李恕謙當場簽支票付了訂金，又在櫃檯辦理二十四期零利率貸款。等待期間，業務專員與何馨憶閒聊，「你們感情真好啊。」

「對啊。」何馨憶隨意地說，「我們認識好幾年了。」

「看起來很有默契。對了，您要不要喝咖啡？」業務專員指著不遠處的全自動咖啡機，「還是想喝什麼？」

「不用，沒關係。」何馨憶笑著拒絕，「他應該快好了。」

「這個辦起來沒那麼快。」業務專員又說，「我們的咖啡很香，我幫您端一杯吧。」

何馨憶見李恕謙還在填寫一大堆資料，便點頭，「好的，就麻煩你了。」

業務專員端著咖啡回來，何馨憶接過馬克杯，黑咖啡帶著苦味從喉頭往舌尖蔓延而開。他只喝了一口就放在桌上不打算再喝，隨意問道：「你們最近業績好嗎？」

「還可以，都是托您的福。」業務專員話鋒一轉，「不過大部分一起來買車的都是夫妻或情侶，所以今天我有點搞不清楚你們是誰要買車。」他笑了笑，「你們之後是要一起使用嗎？」

「都是學長開，我只是搭便車而已。」他忽略業務專員的暗示，只回答後面的問題。

業務專員點點頭，「我了解了，如果您以後也要使用的話，記得提醒李先生要加保免追償，這樣如果發生車禍事故，保險公司才不會找你追討。」他又補上一句，「當然沒發生是最好啦。」

「原來還有這種事。」他立刻拿出手機記錄，「那我研究一下，謝謝你的提醒。」

「不客氣。」業務專員笑了笑。

李恕謙正巧走過來，「我好了。要走了嗎？」

「好啊。」他站起來，「今天謝謝你了。」

「不會，日後有什麼問題歡迎打電話給我。」業務專員跟著站起來，送他們到車廠門口，「加油啊。以後就是年輕人的時代，臺灣真是愈來愈不一樣了。」

他禮貌性地微笑，心知對方的誤會，也懶得費唇舌澄清。

兩人走出車廠之後，他提議去全聯買東西。李恕謙習慣性推著推車跟在他後頭，他們偶爾分頭去拿生活用品，又在生鮮櫃前集合討論下週要吃什麼。

回家途中，李恕謙興致高昂地說：「下週就可以開車來載東西啦，你就不會那麼辛苦了。」

「我今天才發現學長你就是自己想買車而已，哪那麼多理由。」他笑道，「我今天幫你殺價，你要怎麼感謝我啊？」

「那我每天載你下班？」李恕謙提議道，「我看你下班時間不固定，太晚的話我直接去載你就好。」

「這樣太麻煩你啦，學長。」他斷然拒絕，「我下班時間真的很不固定，自己搭車就好。」

「我有空就可以去也不麻煩，沒空的話我會跟你說。而且今天業務不是說，如果你也要用車，要加保什麼免追償？」李恕謙問道，「那什麼？」

「不知道。」他也是第一次聽到，「好像車險有不同的條款，我研究一下再跟你說。」

「麻煩你啦。」李恕謙向管理員點頭，「你好。」

「今天又去採購啊。」管理員替他們按電梯，順手又按了樓層，「對了，何先生你上次送的滷豬腳很好吃，是哪裡買的？」

「謝謝，那是我自己弄的，下次有煮再分你一點。」何馨憶笑著道謝。

投資一定有風險

電梯門關上後，李恕謙好奇地問：「是上禮拜的滷豬腳嗎？」

「對啊，管理員之前來敲門想問一下樓梯旁邊的腳踏車是不是你的，剛好我在滷就分他一點，他好像很喜歡。」他跟著李恕謙踏出電梯，等著男人開門。

「喔對，我有看到公告，現在樓梯旁的通道都要清空，免得影響逃生路線。」李恕謙打開門時笑道，「你都比我跟管理員還熟，到底誰才是租客。」

「我之前待在家的時間長煮的東西多，就送給他，他也會給我們方便。」他把生活用品堆在客廳，拿著食材到廚房，「今天沒做什麼事也覺得好累。」

「怎麼會？我們做超多事，先去車廠看車下訂，還去全聯買東西。」李恕謙在客廳整理生活用品，「洗髮精和牙膏我拿去浴室放喔。」

「好。」他漫不經心地回答，一邊準備晚餐。飯菜煮好後，他去敲李恕謙的房門，「學長，吃飯了。」

「好。」李恕謙拿著手機走出來，「對了，下週三晚上不用煮我的份。」

「你有約啊？」他從櫥櫃拿出碗筷，準備遞給李恕謙。

「喔對。」李恕謙不在意地回答，「我媽叫我去相親。」

他的手瞬間一抖，指尖微動，白色的陶瓷碗瞬間從手中滑出去。

「鏗鏘——」清脆的碎裂聲響在時間彷彿停滯的空間迴盪，陶瓷碎片散了一地。

Be Care For
What You Invest For

投資一定有風險

✦

第
五
章

那種感覺就像你剛得知你求了半天才拿到的糖，不過是對方毫不在意隨手扔掉的東西。既非憤怒也非傷心，胸口只感到一片落寞的涼意。

他怔怔地看著地面上的碎片，才要俯身去撿便被李恕謙制止。

「別動！」李恕謙半蹲下身，伸手攔抱住青年的腰，「抓住我。」他一使力就將青年整個人攔腰抱起。

何馨憶反射性攀住男人的肩頸，環住他腰際的手臂精實有力，肩頸間都是熟悉的沐浴香氣，瞬間讓他意亂情迷。他收緊手心抓握住男人的上衣，悄悄靠近想竊取一點妄想的素材，然而下一秒冰冷的地面喚回他的注意力。

李恕謙將他放到沙發邊，接著去拿掃把和畚箕清掃地上的碎片。他茫然地望著男人忙碌的身影，碎片撞擊的聲響聽起來很遠又很近。李恕謙改拿吸塵器清理，機器的轟隆聲響蓋過方才的悸動。

他苦笑一下，品嘗著自己給自己帶來的酸澀感。只要下定決心離開，就可以遠離這種狼狽的境地，他卻偏偏做不到。自己真是犯賤又活該。

「好了。」李恕謙回過頭看他，「小憶，你的小腿在流血。」

「哪裡？」他回過神來抬起右腳，在靠近腳踝處看見一道細細的血痕，大概是碎片飛濺時劃傷的。

李恕謙回頭去拿醫藥箱，推著青年在沙發上坐下，「你坐著，腳抬起來。」

青年聽話地抬起右腳，李恕謙跪坐在地，左手握著青年的腳踝，右手拿著生理食鹽水替傷口消毒，接著用棉花棒沾曼秀雷敦擦在傷口上，最後貼上防水OK繃。

「好了，洗澡的時候小心一點不要碰到。」李恕謙放下青年的腳踝，收拾垃圾與醫藥箱。

「謝謝學長。」何馨憶小聲道謝，「快吃飯吧。」

兩個人先後洗手，接著盛飯。餐桌上原先冒著白煙的三道菜已經涼了，何馨憶機械性地夾菜放入嘴裡咀嚼，薑絲炒豬肉還帶著微溫，和著米飯的甜味一起入口，這本是他的拿手菜，現在咬起來卻只覺得滿嘴油膩。

李恕謙見青年臉色沉鬱，安慰道：「不過是一個碗嘛，打破再買就好，碎碎平安。」

何馨憶微扯嘴角，「不好意思啊，學長。下次補你一個。」

「沒關係。」李恕謙並不在意，說完就埋頭吃飯。今天出門活動體力消耗較大，他吃得很快，吃完飯時他抬頭一看，見青年碗裡幾乎沒動。

「怎麼了？傷口很痛嗎？」李恕謙關心地問。

「沒有。我今天胃口不太好。」何馨憶勉強笑道，他站起身收拾吃剩的菜餚，「我來收吧。」

收拾期間，他感覺到李恕謙欲言又止，但不想讓學長更起疑心便裝作沒察覺。他快速地用保鮮膜包好幾道菜，收進冰箱。

「那你明天可以去看房子嗎？還是我自己去？」李恕謙又問。

他抬起眼，微笑輕得宛若透明，「你要去相親，之後很快就會搬出去了吧。還要一起住嗎？」

「還好吧。又不是說相親之後就要結婚，只是見個面而已。」李恕謙聳聳肩，「我覺得這和跟你一起住不衝突吧。」

何馨憶忍不住衝口道：「那是你覺得，不代表別人不在意！」他的心跳飛快，耳後發熱，幾次與李恕謙溝通未果，對現狀的無力感與嫉妒隨著憤怒傾瀉而出。

李恕謙定定地看他，他撇過頭走到冰箱前拿出一罐可樂，打開易開罐灌了一大口。冰冷的飲料逐漸冷卻火熱的情緒，何馨憶回過頭，男人仍站在原處目不轉睛地看著他。方才藉著情緒脫口而出的真心話彷彿一把刀，橫空劈開兩人之間的空氣，形成一種真空狀態，他忽然口乾舌燥，說不出任何能填補沉默的場面話。

李恕謙若有所思地說：「你是不是……不想要我去相親？」自從他說要去相親之後青年的反應就很奇怪，他隱隱感覺有異，甚至還有一點說不清的愉悅，卻分辨不出是什麼原因。

「不是！跟那沒關係。」何馨憶心虛地快速反駁，「我只是覺得學長應該要

投資一定有風險

更慎重考慮自己的未來，像搬家這種事跟你未來的老婆商量就好。」

李恕謙壓下隱微的失落，「謝謝你替我操心。不過現在想這些還太早了吧，八字都沒一撇。」

「嗯。」何馨憶不敢再多說，怕暴露自己更多真實的情緒。

「那你明天要去看房子嗎？」李恕謙再次問道，「兩個人要住，還是兩個人都看過比較好，而且你又比較細心。」

「……好。」半晌，何馨憶無力地嘆了口氣，「我跟你去吧，現場看比較準。」

李恕謙到達約定的餐廳時，女方還沒有到。他等了幾分鐘，服務生帶了兩位女士到他這桌，一位是媒人，一位是他的相親對象。

媒人是母親的朋友王春美，她熱絡地介紹雙方。李恕謙禮貌地向對方問好，一開始有點尷尬，之後王春美藉口離開，將空間留給兩個人。

媒人一走，李恕謙呼出一口氣，他見女方的茶杯空了主動說：「我幫妳倒吧。」

「謝謝。」女方名叫李瀞杉，她笑道，「沒想到真的是你啊。」

「什麼？我們認識嗎？」李恕謙有點意外，他對眼前的女子沒什麼印象。

「不算是，不過我知道你。」李瀞杉露齒微笑，「我可以問問你對交往對象的條件要求是什麼嗎？」

她的問題很直接，李恕謙直覺道：「沒有什麼條件，就相處起來覺得合適的吧。」

「有點抽象。」李瀞杉問得更仔細，「是細心的，還是豪爽的？是跟你差不多類型的，還是跟你互補的？」

「這個⋯⋯」李恕謙認真思索一會，「應該是比較細心的吧？會注意到一些我沒注意到的事。」像是找住處的時候，會仔細檢查窗戶的位置和採光。

「嗯。」李瀞杉思索數秒，「不好意思，我想問你幾個問題，不方便的話你

投資一定有風險

可以不回答。」

「沒關係，妳問吧。」李恕謙也好奇對方到底想知道什麼。

「那我問了。」李瀞杉又笑，「你會覺得對方要很會煮菜、做家事嗎？」

「我覺得很會煮菜當然很好，會很期待回家吃飯。」如果像何馨憶一樣會做菜就好了，他真的會很期待，「不過也不是說這是必要條件，找對象是要找一輩子相處的伴侶，不是找傭人。」李恕謙補充道。

李瀞杉又問：「那如果結婚以後女方也有工作，你覺得家事怎麼分配呢？」

李恕謙不假思索地道：「兩個人分攤吧，誰有空就做。」就像現在他和何馨憶一樣。

李瀞杉決定增加問題的前提，「如果女方的工作時間比較長，大部分的家事需要你做，你可以接受嗎？」

「可以吧。就是誰有空就做，沒有一定要誰。」李恕謙以前在老家的時候，經常幫母親做家事。現在和何馨憶住，也有心理準備等青年忙起來就接手剩下的家事。

李瀞杉點點頭，轉而問：「如果以後帶小孩需要請育嬰假，你願意嗎？」

這個問題李恕謙以前沒想過，他設想了一會，「可以，孩子的話我也會負責的。」

「了解。」李瀞杉又問，「換一個問題，如果女方的學歷或工作職位跟你相當或比你高，你可以接受嗎？」

「那很好啊，表示對方很有能力，能把自己照顧得很好，我很欣賞。」李恕謙實話實說。

「最後一個問題，你對未來的規畫是什麼？」李瀞杉下巴搭在交疊的十指上，笑咪咪地問。

「唔，這個，因為我最近打算買車了，之後就考慮買房子吧。」李恕謙也不是沒想過未來，「我是打算跟未來的伴侶討論，聽聽對方的意見。我自己的話，會希望在薪水可以負擔的地方買房子。」

「了解。」李瀞杉點點頭，笑道，「不好意思問這麼多問題。」

「沒關係。」李恕謙並不在意，「所以可以告訴我，妳是怎麼知道我的嗎？」

李瀞杉揚起惡作劇的笑容，「你記得芷瑩嗎？林芷瑩？」

林芷瑩三個字瞬間勾起李恕謙的回憶，「啊，妳是——她的朋友？」

「嘿對。我接到聯絡的時候覺得你的名字有點眼熟，所以跟芷瑩確認了一下。」李瀞杉輕笑，「雖然對你有點不好意思，不過芷瑩說她後來覺得當時詛咒你很抱歉，希望你也能找到適合的人。」

「沒關係，我沒放在心上。」提到他的第一任女朋友，李恕謙臉上浮起懷念的微笑，「她現在好嗎？」

「不錯，她最近準備結婚，不過請帖就不發給你了。」李瀞杉雙手一攤。

「她過得好就好，我去也不合適。」李恕謙理解地點頭，順手又替李瀞杉倒茶。

「謝謝。」李瀞杉喝了一口茶，「那你之後還有交女朋友嗎？純粹好奇，不是替芷瑩問的。」

「有一個，很快就分手了。現在才來相親。」李恕謙坦白道。

「我剛剛問你這些問題只是想更了解你而已，其實以你的條件和個性，應該很容易找到好對象。」李瀞杉中肯地說。

「謝謝妳的稱讚。」李恕謙微微一笑。

兩人又閒聊一會便打算離開，李恕謙準備付帳，李瀞杉堅持要付她自己那份，李恕謙也隨她。兩人剛踏出餐廳，李恕謙就看見馬路對面，何馨憶和一位男性走向路旁停放的汽車，李恕謙眼一瞇，不假思索地隔著馬路喊道：「小憶！」

對面的兩人回過頭，李恕謙舉起手臂向青年用力揮手。何馨憶轉頭和那位男性說了幾句話，便在綠燈時穿過斑馬線跑過來，「學長！」他氣喘吁吁，「好巧啊。」

青年跑到他眼前的那一刻，李瀞杉帶給他的疏離感一掃而空。他下意識把青年拉到身前，藉著店家的燈光打量，「你怎麼這麼晚還沒回家？今天加班？」他往遠處看，那名男性還站在原地觀望，似乎是想確認何馨憶的行蹤。

「那是你同事？」李恕謙的危機感驟然浮現，是不是又是另一個想藉機騷擾青年的可疑人士？他的學弟那麼可愛，不仔細看著，一不小心就會招惹到舉止失措的變態。

「他是其他公司的客服工程師，我們今天開會弄得比較晚，剛剛去吃飯，他現在要送我回去。」何馨憶看見李瀞杉，猜測她是李恕謙的相親對象，輕聲說道，「不好意思，打擾你們約會了。」

「我們已經吃完了準備要離開，你要不要跟我一起回家？」李恕謙又往遠方看，不是很情願地問，「還是你要坐同事的車？」如果他更早一點買車，現在就不用站在路邊等青年猶豫。

「我……」一陣晚風吹過，何馨憶頓時瑟縮，「哈啾！」他雙手摩挲著兩條上臂，李恕謙迅速脫下夾克外套遞給他，「你先穿著。」

「不用……哈啾！」何馨憶又打了一次噴嚏。李恕謙乾脆把外套披到青年身上，按著青年正要掙脫的肩膀堅持道：「穿著吧，回家再還我。」

何馨憶揉了揉鼻子，「謝謝學長，你送人家回去吧。」

李瀞杉終於找到機會說話，「不用啦，我坐公車很快。你們早點回家吧。」

「那我們走了，妳到家跟我說一聲。」李恕謙禮貌地交代。

「不用擔心，掰掰。」李瀞杉朝他們揮揮手，見他們往捷運站走去，兩人的對話隨風遠遠飄來。

「你每天都要那麼晚？等我車子來了以後去載你吧，不用麻煩其他人。」

「還好啦，學長。哈啾！」

「還是很冷嗎？你靠過來一點，我幫你擋風。」

「好多了，謝謝學長。相親怎麼樣？」

「聊聊天而已。你今天吃什麼？」

「日式便當，滿好吃的，我明天煮給你吃。」

「好啊。你剛剛跟同事聊什麼？他有沒有對你毛手毛腳？有什麼事要跟我說——」

投資一定有風險

路燈將他們的背影拉得長長的，遠遠看起來居然有點溫馨。李瀞杉想，說不定林芷瑩的詛咒真的實現了。

「叩叩。」

輕輕的桌面敲擊聲提醒了他。何馨憶抬頭，見主管阿強手上抱著筆電朝他歪了歪頭，「走吧，要去開會。」

「好，等我一下。」他快速收拾文具和筆記本，抱著筆電跟在阿強身後走到二〇一會議室。

會議室內機臺供應商的業務和客服工程師已經到了，他們友善地和阿強打招呼，「嗨，阿強。」

「嗨，這是我們的新人，馨憶。以後三號機都找他。」阿強轉向何馨憶，「這是巴爾精密科技材料的業務 Tommy 和客服工程師仲安，機臺如果出什麼問題，可以跟他們諮詢。」

「您好。」何馨憶遞出自己剛拿到手的名片和對方交換。拿到對方的名片後，他簡單瞄了一下名片上方的頭銜。Tommy是課級業務專員，負責臺灣的所有業務；蔡仲安也是課級客服工程師，兩位看起來都有多年經驗。

阿強和對方簡單閒聊後，便進入正題。Tommy打開簡報，簡述三號機目前出現的狀況，「我們研究後發現，Manticore II運作時加熱器的各加熱點加熱速率較慢，造成wafer供熱量不均，所以整片wafer的反應速率不同，形成的膜厚不同。這在後續製程上會導致蝕刻不完全的情形。仲安會解釋下面的細節。」

「根據我們的實驗，如果調降升溫速率就可以避免後續的問題發生。」蔡仲安拿出實驗數據，「這是調降10%的升溫速率和20%的升溫速率，可以發現膜厚不均的問題改善很多，到20%以上數據看起來沒有太大的差異，所以我們推薦調降10～20%的升溫速率。」

何馨憶邊聽邊做筆記，阿強在此刻提出疑問，「調降升溫速率會影響到我們後續製程的設定，那我們得調整整條產線，這太麻煩了。」

投資一定有風險

「這不用擔心。」蔡仲安不慌不忙地回答，「你們的產線後面都是我們家的機臺，有軟體可以操控，我們會負責弄到好。」

阿強又提出幾個疑問，蔡仲安有備而來，回答得詳盡又仔細。何馨憶忍不住盯著蔡仲安，心想如果自己當初選的是客服工程師的職位，也許有一天也會變成像蔡仲安這樣，可靠而值得信任。

忽然間，一絲光芒在蔡仲安身上一閃而過。他定睛一看，只見蔡仲安的無名指戴著細細的銀環。原來蔡仲安結婚了啊，現在已婚人士會戴著戒指的人不多，既然會想隨身配戴，應該和他太太感情很好。

「謝謝，辛苦啦！」阿強的聲音拉回何馨憶的注意力，他心虛地低下頭，抄下投影片上的結論。

阿強再次輕敲他前方的桌子，「不用抄啦，之後 Tommy 會寄信，信裡會附投影片。等一下你帶仲安進 Fab，先照他們的參數 run 實驗機，結果出來跟我說。」

「沒問題。」

會後何馨憶領著蔡仲安進無塵室，蔡仲安邊走邊問：「你來多久啦？」

「不到兩個禮拜。」他停在無塵室入口，蔡仲安不需他指引，已經熟門熟路地拿起無塵帽套上。

「我來這裡很多次啦。」蔡仲安笑道。

他們穿上無塵服後走到實驗機旁，何馨憶依據蔡仲安提供的參數，交代操作員如何調整機臺的設定，操作員問他一些更細部的參數，他不知道，蔡仲安便提供意見。蔡仲安比他更有經驗，何馨憶反而要跟在旁邊學。

三個小時後，何馨憶總算測完阿強交代的實驗。他將數據整理成表格，加上自己的結論才寄出信件。他背著電腦包走出公司大門，剛過馬路便聽見身後傳來喇叭聲。他停下腳步回頭，一輛白色的汽車停在他身邊，駕駛座的車窗降下，蔡仲安探出頭，「你還沒吃飯吧，要不要一起去吃？」

他本想拒絕，忽然感到一陣頭暈目眩，肚子發出抗議的聲響。他餓得太久，都忘了飢餓。他改變主意坐上蔡仲安的車，蔡仲安邊開邊問：「你有沒有想吃什麼？」

他搖搖頭，「我都可以，不要太油就好。」

蔡仲安在停紅燈時問他：「這附近有一間日式料理店，之前客戶帶我去吃過，我覺得不錯，要不要試試看？」

「好啊。」他拿出手機打算跟李恕謙報備今天不回家吃，卻一眼看見手機未解鎖的螢幕上出現提醒事項「今天有相親」，提醒時間設定為晚上六點。何馨憶頹然倒在副駕駛座上，疲憊與飢餓感頓時被放大，他收起手機，試圖和蔡仲安閒聊轉移注意力，「你跟我們公司合作多久了？」

「五六年了吧。」蔡仲安的手機響起一陣音樂，「抱歉，我接個電話。喂。」

「小安，你今天不回家吃飯嗎？」男人的聲音從汽車音響傳出來，他的聲音有點低，語氣親暱而熟悉。何馨憶悄悄瞥向蔡仲安，見對方的嘴角彎出柔軟的弧度，「今天不用，我跟客戶吃飯。正在開車。」

「開車小心，掰掰。」男人切斷了電話。

蔡仲安微微瞥他一眼，「抱歉啊，你剛剛問什麼？」

「沒什麼，只是問你跟我們公司合作多久而已。」他拉回話題，「你剛剛說五六年。」

「對。」蔡仲安放慢車速，開始找停車位，「到啦，邊吃邊聊吧。」

日式便當很好吃，蔡仲安又隨和，何馨憶與對方聊得盡興，談了許多工作以外的事。他這才知道剛剛打電話來的是蔡仲安的先生，兩個人結婚還未滿一年。

「那你們交往很久嗎？」他忍不住好奇，對同性戀人的交往過程很感興趣。

「認識很久，交往兩年多吧。」蔡仲安算著日期，「因為認識太久了，有時候不知道到底要怎麼算。」

何馨憶又問：「你們是怎麼開始交往的？」

「他很蠢。」蔡仲安邊笑邊嘆，「他覺得我喜歡一個女生，就跑去追人家，這樣那個女生就不會跟我在一起。」

投資一定有風險

「啊？」這個思考邏輯讓他無法理解，「所以他自己跑去跟那個女生在一起？」這都什麼跟什麼？

「對啊，他們還跑去約會，蠢死了。」蔡仲安又笑，「我當時超難過，覺得完蛋了。」

「喔……」他很能體會那種心情，就像他聽到李恕謙要去相親一樣。而李恕謙現在正在相親。他嘆出很長一口氣，喝了桌上的麥茶，抬起臉微笑道：「至少你們現在在一起啦。」而他跟李恕謙大概不會有什麼好結果吧。不，他們根本沒有開始。

「其實一開始我有點生氣，雖然沒有說。」蔡仲安邊說邊搖頭，「後來覺得他那麼蠢，也沒發現我在生氣，覺得自己氣得很沒意義就懶得生氣了。」

何馨憶覺得好笑，「別生氣啦，很多人都很遲鈍。」

「對啊。啊，我說這麼多不好意思啊。」蔡仲安笑了笑，「我來結帳吧，這可以報銷。」

「不用啦。」他不想讓這頓談話變成利益性質，「我可以自己結。」

「不用那麼客氣，又不是這次請你吃飯，下次就要叫你們進我們家機臺，我又不是業務。阿強也常常被我請啦。」

何馨憶不知道蔡仲安說的是不是真的，但謹慎起見還是拒絕蔡仲安的好意，各自結完帳走出店門。蔡仲安的車停在兩條馬路外，他們剛接近汽車，他就聽見熟悉的呼喚。

「小——憶——」

何馨憶的心臟一跳，以為出現幻聽，猛然回頭，李恕謙站在對面向他招手。他忍不住欣喜，轉頭和蔡仲安道別：「今天謝謝你，我學長找我，那我先走了。」

「掰掰，明天見啊。」蔡仲安朝他擺手。

等到交通號誌變綠，何馨憶便心急地穿過斑馬線跑到李恕謙身邊，「學長，好巧啊。」

「你怎麼這麼晚還沒回家？今天加班？」李恕謙問，「那是你同事？」

投資一定有風險

「他是其他公司的客服工程師，我們今天開會弄得比較晚，剛剛去吃飯，他現在要送我回去。」何馨憶偷瞄站在李恕謙身邊的女孩子，知道她是李恕謙的相親對象，壓抑著情緒說，「不好意思，打擾你們約會了。」

他忽然想起蔡仲安的故事。別人的故事裡，至少蔡仲安的先生是有目的地去追女孩子，不是真的想約會；而在他的故事裡，李恕謙是真的去約會，跟他毫無關係。

所以說，別人的故事是童話，而在他的故事裡，童話都是騙人的。

Be Care For
What You Invest For

投資一定有風險

✦

第
六
章

投資一定有風險

每週四早上九點有部門會議。阿強宣布下週要進行消防演習，又提醒大家記得參加ＩＴ部門舉辦的系統操作線上課程。何馨憶是新人，許多系統都不熟悉，他特別記下課程時間，挑選自己有空的時段參與。

會後他和蔡仲安約在無塵室門口見面，他們今天要測試昨天有問題的三組參數。

「昨天那個是你朋友啊？」

他照實回答：「是我學長，我們合住一間公寓所以一起回去。」

「我覺得我昨天好像有看到熟人。」蔡仲安思索，「可能是看錯了吧。」

「誰啊？」他好奇地問。

「就是跟你學長站在一起的那個人，有點像我的前同事。」蔡仲安漫不經心地回答，「是個非常獨立自主的女孩子，聽說她離職後就回老家去了，好像在臺北。」

「噢。」他記得李恕謙的前女友就是屬於很有主見的那一型，所以相親很有機會成功吧？他的學長那麼優秀，只要有眼光的女孩子都不會錯過，她們若是主動一點去告白——他的學長就不再是他一個人的了。

何馨憶比平日更清楚地聽見在耳邊的倒數計時。頹喪和焦慮讓他心神不寧，直到蔡仲安伸手在他眼前揮舞才回過神來，「怎麼了？」

「可能是我想太多了。」蔡仲安猶豫幾秒，「但是如果你有什麼煩惱的話，可以說給我聽。」

何馨憶愕然抬頭，心虛又驚慌，「什麼意思？」

「我覺得你好像有點煩惱。」蔡仲安輕輕地說，「有些事反而不方便找認識的人討論，如果你需要找人講話我可以聽，雖然不一定能給你什麼有用的建議。」

蔡仲安也許只是說客套話，但陌生的善意仍讓他感到溫暖，一直以來鬱悶難解的情緒似乎也有可以宣洩的後路，「謝謝，有需要的話會跟你說的。」

李恕謙洗完米，將米放進電子鍋按下按鍵，輕快的電子音樂聲響起。他打開

投資一定有風險

水龍頭洗手，正好聽見手機的震動聲。是母親打來的。

「喂。」

「恕謙啊，媽媽是要問你喜不喜歡昨天那個女生？」梁淑芬的開場白很直接，「我看那個小姐很不錯。」

「媽——」李恕謙失笑道，「我們才吃一次飯，而且——」他想起李瀞杉與林芷瑩的關係，如果他們在一起，之後與林芷瑩碰面更尷尬。再說，他也不認為李瀞杉對他有意，「我覺得不太可能，再看看吧。」

「你不要那麼挑剔，那個女生哪裡不好啊？不然你跟媽媽說你喜歡哪一種類型，我請王阿姨幫你看看。」梁淑芬繼續叨念，「你都這個年紀了，也要為自己打算，找個好女人結婚，以後才有老婆幫你看住財產，兩個人一起打拚，像我跟你爸一樣。」

「媽——」李恕謙又笑，知道母親又要開始說當年她和父親怎麼相親認識與交往的過程，「妳不用擔心啦。」

「媽媽怎麼不擔心，你看你都長那麼大了，一個人在外面生活有伴才不會無聊。老婆可以幫你分擔家事，煮飯洗衣服，幫你管錢管家，以後你們再生個胖兒子，媽媽就有孫子可以抱啦！」

一連串的幻想讓李恕謙忍不住想笑，知道母親這番話若是讓對性別平權話題比較敏感的女性朋友聽到，怕是要引起革命，「媽，娶老婆不能隨便，我又不是為了找一個人幫我做家事或幫我生小孩才結婚的。」李恕謙順口又說，「而且，照妳的邏輯，如果只是分擔家事管錢管家，這小憶就能做啦。」

「小憶？」梁淑芬一頓，這才想起來李恕謙曾提過，「就是你之前說暫時住在你那邊要找工作的學弟？」

李恕謙連忙更新何馨憶的資訊，「對。他現在找到工作了，不過我們還是會一起住，目前打算要搬到兩個人都比較方便的地方。」

「喔。」梁淑芬對兒子的室友沒意見，只關心未來的兒媳婦。

「他煮菜超好吃的，很多家事之前都是他做。而且我們的水電瓦斯與生活開銷都是他在記帳，他以前就幫忙實驗室算錢，交給他沒問題的。」李恕謙半開玩笑地舉例，想讓母親也跟上時代潮流，「依妳的標準，他一定就是好老婆的人選。」

「你那麼麻煩人家不好吧？而且，學弟跟老婆哪裡一樣？」梁淑芬犀利地反駁，「你要跟你老婆過一輩子，又不是跟學弟。」

「嗯？」李恕謙不知怎麼地，腦中忽然浮現和青年長住久安的未來生活，那似乎毫無不自然感。

「兒子啊，你下次什麼時候要回家？我再請王阿姨介紹漂亮小姐給你認識。」梁淑芬興致勃勃地問。

李恕謙確認行事曆，「我週末要去領車，之後比較有空再回去看看妳跟爸。」

「好啊，那媽媽不吵你啦，記得常回來啊。」

李恕謙掛斷電話，估算何馨憶大概更晚一點才會回家，便拿著 paper 進房裡去看。

何馨憶整理完數據後，向阿強匯報測試的數值。如同蔡仲安的預測，調整參數後成品的表現較好，阿強便同意讓蔡仲安修改實驗線的機臺參數。

何馨憶記錄調整過參數的機臺，交代操作員一有異常就打電話給他。他們調整機臺忙了一下午，傍晚蔡仲安又問何馨憶要不要一塊吃飯。他確實有點餓了，猶豫幾秒便打給李恕謙。

「喂。」

「學長，你吃飯了嗎？」他自然地問。如果李恕謙已經吃了，那他就在外面用餐好了。

「還沒，我在等你。咖哩已經弄好了，飯也好了，你什麼時候要回來吃？」

拜青年所賜，李恕謙也會煮一些稍微費工一點的菜色了。

「那——」他看了眼手機，「我大概半小時後到家。」

「路上小心，掰掰。」

結束通話，他歉然地說：「抱歉，學長在等我回家吃飯。下次吧。」

「好啊，你早點休息吧。」蔡仲安不在意地擺擺手，又說，「有人在家等你吃飯感覺真好。」

「室友就這樣。」他苦笑道，蔡仲安不是第一個誤會的人，「今天辛苦了。」

「只是室友，不會做到這樣。」蔡仲安微微一笑，「不是你誤會，就是他誤會了。」

「也許是你誤會了。」他意思性地扯了扯唇，「那我先走了，你也早點回去吧，掰掰。」

他婉拒蔡仲安的接送提議，搭捷運回家，到家的時候剛過八點，李恕謙走出自己的房間，「歡迎回來，快吃飯吧，我快餓死了！」

他聽得有點心疼，「學長，你餓就先吃啊。」他放下背包，走近流理臺。

「那不是太沒有道義了嗎？我要等你一起吃。」李恕謙盛了一碗味噌湯，遞到青年手上，「咖哩等我熱一下，你可以先喝點熱湯墊胃。」

「謝謝學長。」捧在手心的碗散出熱意，一瞬間，何馨憶覺得疲憊的身心都得到撫慰，他坐上沙發一匙一匙地舀湯來喝。

「對了，你明天晚上有空嗎？」李恕謙熱好咖哩後，分別將白飯和咖哩放在盤子上，拿到青年面前。

何馨憶用手機確認行事曆，「明天東西就測完了，剩下的下週一再測就好。我明天應該可以準時下班，怎麼了？」

李恕謙拿著碗筷在青年身旁坐下，「我今天中午在系館碰到老師，他說他跟陸臣哥想約我明晚吃飯，我跟他說你住在我這裡，他說你有空也可以一起。你要來嗎？」

「喔……好啊。」何馨憶其實對自己的指導教授充滿敬畏，並不是很親近，畢業後也沒有跟老師聯絡，貿然前去似乎有點尷尬，不過他很想看看李恕謙口中所謂的「最美好的感情」。

「那我再把地址傳給你，你明天下班就直接過去吧。我們應該會在二樓的包

投資一定有風險

廂。」李恕謙凝視著青年嚥下熱食後心滿意足地瞇起眼睛，不禁微笑。也許這就是青年喜歡煮飯的原因，看見在意的人因為自己的料理而滿足，心臟便像是被溫暖的泉水浸泡過，熱燙而歡快地跳動。

今天是蔡仲安來何馨憶公司美奇晶的最後一天。蔡仲安原先預計多留一天作為緩衝，以防有機臺出錯，不過他運氣不錯，無塵室裡的綠色乖乖都沒過期，前兩天的實驗機臺測試很順利，他可以提早回臺中覆命。

蔡仲安在午飯後準備離開公司，臨行前他拍拍何馨憶的肩，「我說的話還有效啦，真的碰到什麼問題想要找人聊聊可以打給我。」他笑道，「當作售後服務。」

何馨憶心裡感到一陣溫暖，「放心啦，沒事的。」

「那我走啦。」蔡仲安坐進車裡，何馨憶目送他的車離開。

週五下午，何馨憶利用多出來的時間修習公司的線上課程，辦公室人心浮躁，個個準備下班享受週末。

他邊看線上課程累積上課時數，邊留意下班時間。將近五點，阿強進辦公室見何馨憶還坐在位子上，他面色詫異地走過去輕輕敲擊青年的桌子。何馨憶一拿下耳機，阿強便問：「你怎麼還在？趕快下班啊。」

「不是還沒五點嗎？」他環視辦公室才發現大家的位子都空了，一望過去只有方經理的個人辦公室還亮著燈。

「我忘記跟你說了！」阿強懊惱地拍拍自己的後腦勺，「每個月第三週的週五有 Happy Hour，下午沒事的話可以提早回家，不扣薪的。」

「噢，沒關係啦。」何馨憶看了一眼螢幕，正在上的課程還剩十分鐘，「我把這堂課聽完好了。」

阿強還想說什麼，便聽見低沉的聲音從身後傳來，「還沒下班？」

阿強轉過身，何馨憶順著聲音看向阿強身後的高大男人，男人目測近四十歲，長相粗獷，說話的聲音低沉而有魄力。

投資一定有風險

「要下班了。」阿強笑道，「營運長要找我們經理的話，他還在辦公室。」

營運長微微頷首，「你們辛苦了。」他看向何馨憶，還沒開口，阿強便機伶地介紹，「這是部門新人，何馨憶，剛進公司不滿一個月。」

他跟著問好，「營運長好。」

「嗯。」營運長沉聲問，「你家住哪裡？在公司工作還習慣嗎？」

何馨憶戰戰兢兢地回答：「我在臺北租房子，還習慣，公司很好。」他第一次碰見這種高階的管理階層，說話不免緊張。

「好好做，公司不會虧待你。」營運長看了眼手表，「趕快下班吧，不然等一下要塞車了。」

「好。」

他們目送著營運長一路走進他們經理的辦公室，他小聲問：「那就是營運長啊？」

「對，我不是說過我們經理是他的愛將嗎？有很多事營運長只會交辦給我們經理，所以經理很忙。還有啊，營運長也是我們學長，你講話不用緊張，他私底下很風趣。」阿強走到自己的座位，迅速收東西，「你趕快下班吧。」

「噢。」他被阿強的態度弄得加快動作關機收拾公事包，他自覺動作夠快，阿強卻早一步提著公事包往門口走，「那我先走啦，不然碰到塞車就慘了。下週一見，週末好好休息吧。」

「掰掰。」他正準備離開，經理辦公室的門突然打開，營運長和方經理魚貫走出辦公室。方經理手上提著公事包，看起來也是準備下班。

「你還沒下班啊？」兩人經過何馨憶那條走道的前方，經理意外地問。

看起來週五下午準時下班的員工是這個公司的異類，他都數不清今天是第幾次聽到這個問句。「差不多了。」他含糊地說，不打算跟兩位長官一起搭電梯下樓，他還不會和長官閒聊，便決定再等等。

「不要弄太晚啊。」方經理也沒多問，跟著營運長一同走向電梯。

何馨憶下班的時間早，抵達餐廳時還沒六點，餐廳尚未開放入場。他站在餐

投資一定有風險

廳門口滑手機邊等待其他人。

「小憶。」逐漸靠近的陰影遮蔽路燈的燈光，何馨憶抬起頭，李恕謙、指導教授和一位戴著墨鏡與口罩的男人站在他面前。

「進去吧。」指導教授牽著身邊的男人走進餐廳，和櫃檯報到。

服務生替他們帶位，何馨憶落後一步，他的角度正好瞧見指導教授的袖口下方，兩隻手十指交扣掌心密密貼合，自然而親密。他一瞬間想起李恕謙上次假扮他的男朋友，也是這樣扣他的手。

「我沒說錯吧。」溫熱的吐息忽然靠近，他嚇了一跳，感覺到李恕謙湊到自己耳邊輕聲說，「他們都那樣牽。」

「啊嗯。」他含糊地應聲，身後的男人讓他緊張，他微微加快腳步，跟著走上樓梯進入預訂的包廂。

包廂內是一張四人座的大桌子，指導教授替伴侶拉開椅子，兩人一同入座。

他不敢坐在教授正前方，便把那個位子留給李恕謙，自己坐到戴口罩的男人對面。

關上包廂門後，戴口罩的男人摘下墨鏡與口罩，露出一張家喻戶曉的俊美面容。

李恕謙很快介紹道：「陸臣哥，這是小憶，你之前有見過。」

陸臣對何馨憶微笑，「小憶，你好。」

「陸臣哥，你好。」他跟著李恕謙叫。

指導教授把菜單分別遞給學生，自己和陸臣共看一本。何馨憶將臉埋在菜單後面，悄悄從菜單上方偷瞄對面的兩人。那兩人肩靠著肩細細低語，指導教授彎起嘴角，手指在菜單上左右滑動，側首問陸臣的意見，陸臣連連點頭，趁指導教授看向菜單時在他的頰邊偷了一吻。指導教授一怔，頓時輕笑出聲。

那是他從沒見過的樣子。他看得呆愣，一時間無法將面前那位眉眼柔和的男人，跟對他清冷嚴格的指導教授聯想在一起。也沒想過，他竟覺得——萬分羨慕。

Be Care For
What You Invest For

投資一定有風險

✦

第七章

投資一定有風險

「你們想好了嗎？」

指導教授的聲音打斷何馨憶的思緒，他連忙看向李恕謙，「學長想吃什麼？」

李恕謙自然地問：「我們明天吃什麼？」

「東坡肉？」他回想家裡冰箱的食材，「好久沒吃這個。」

「好啊，那我點黃魚豆腐煲吧，點一些你平常不太會煮的。」

「噢，有道理。」他看著菜單，也挑了一項比較費工的菜色，「那我點麻油悶雞好了。」

「嗯，那我們就一份黃魚豆腐煲，一份麻油悶雞，一份培根炒高麗菜，再來一盤醉蝦吧。」指導教授統整大家的意見，「你們吃白飯嗎？」

「吃。」李恕謙點點頭。

「等一下，老師。」他機靈地提醒道，「學長不能吃蝦，他會過敏。」

指導教授挑起眉意外地問：「你不能吃？我們上次聚餐不是有點嗎？」

「不要碰到蝦殼就好，我還是可以吃啦。」李恕謙笑道，「待會請服務生多給我一雙手扒雞手套就可以了。」

「咦？」他詫異地看向李恕謙，「所以你可以吃？」他之前炒菜還特地避開所有的蝦蟹類，不然他自己很喜歡吃海鮮。

「其實我是對蝦殼過敏，所以不能剝蝦殼但可以吃。我覺得每次吃都要另外找手套很麻煩，乾脆就不吃了。」李恕謙原是覺得麻煩，才讓青年不要煮。

「真神奇。」何馨憶第一次聽到這種過敏方式，如果是別人他早就吐槽「你只是不想剝蝦殼吧！」不過如果說的人是李恕謙，那大概是真的。

「學長你早說，我幫你剝就好。」他很會剝蝦殼。

「這樣太麻煩你啦。」李恕謙搖頭，他就是不想過於麻煩青年才沒提，「沒關係啦。」

何馨憶也不爭辯，反正待會醉蝦上來他再幫忙剝殼就是了。

點完菜後，指導教授轉向何馨憶，「最近在做什麼？」

何馨憶正襟危坐，小心翼翼地回答：「在美奇晶當製程工程師。」他回答時不免心虛，總覺得自己的工作和研究沒半點關係會讓老師失望。

「你喜歡就好。」指導教授倒是沒多說什麼。陸臣接過話，「你現在跟恕謙一起住？」

「對啊，之前沒有工作的時候學長收留了我。」他不想解釋太多，若要從頭說他是因為職場性騷擾而被迫辭職，還去了調解委員會，想想就覺得丟臉。

「也不算收留，我們互相照顧。小憶煮菜很好吃，開銷也是他在算，其實應該是我賺到了吧。」李恕謙補充道。

男人話裡話外都在維護他，他朝李恕謙露出感激的笑容。

陸臣好奇地問：「那現在找到工作了，小憶要搬出去嗎？」

「為什麼要搬？」李恕謙反射性地問，「一起住很好啊，我們正在找房子。」

「要住哪裡？」指導教授將斟滿熱茶的茶杯擺到陸臣面前，「你們要嗎？」

「老師，我自己來就好。」何馨憶不敢讓指導教授服務，他機靈地站起來拿起茶壺，替李恕謙和自己的茶杯添滿茶水。

「謝謝。」李恕謙朝青年微笑，轉頭回答陸臣的問題，「靠南港那邊，這樣小憶上班比較方便。」

陸臣一聽便覺得奇妙，「那你要來學校不是比較遠嗎？」畢竟李恕謙工作的地方在公館，和南港絕對稱不上近。

「沒關係，我可以開車。」李恕謙順口說道，「上週末小憶陪我去買車，我們約了明天去取。」

「買什麼車？買多少？」陸臣喝了一口熱茶，他的伴侶在此時離座去一趟廁所。

「豐田的Altis，原本是這樣——」李恕謙比了一個數字，「小憶幫我殺成這樣——」他又比一個數字，「就成交了！」

「真厲害！」陸臣雖然對這臺車的價位不太有概念，不過李恕謙講的差額大到讓他忍不住發出驚嘆，「好會殺價！」

「沒有啦。」何馨憶被稱讚得不好意思，他下意識摸了摸熱燙的後頸，沒那麼拘謹了。

第一道上桌的是醉蝦，服務生應要求附上一雙手扒雞手套，放到李恕謙面前。

「學長，我幫你剝吧。」何馨憶主動說。

「等一下。」李恕謙悄悄湊過去，壓低音量，「你看老師。」

「嗯？」他抬起眼，正巧瞧見從廁所回來的指導教授一拉一扯，便俐落地將蝦殼完整地剝下來，他看得呆愣，那隻蝦子已經被放到陸臣碗裡。他平常也很愛吃蝦子經常剝殼，但技術還沒厲害到像指導教授那樣，剝下來的蝦殼可以拼出一隻完整的蝦子。

「老師好厲害！」他掩不住驚嘆。指導教授抬眼望他，「想學嗎？」

「想！」他毫不猶豫地回答，李恕謙也戴好手套，準備跟進。

陸臣笑道：「我覺得很難，我每次都失敗。」他用溼紙巾擦過雙手，躍躍欲試。

指導教授微微勾起唇，用指尖捏起一隻醉蝦的長鬚拎到自己盤裡開始講解，

「先把蝦頭剝下來，剝掉牠的腳和中間的腹膜，然後拉住這邊的殼用力拉——」

在場的三人照著指示，只有何馨憶成功拉出蝦殼，陸臣只拉出半隻蝦，李恕謙戴著寬大的手套很不靈活，蝦子還滑掉。

男人又接著示範，「最後抓住尾巴底端，用力拉。」

「成功了！」何馨憶的蝦子尾巴有點不完整，不過整體剝得很乾淨。他看向指導教授，對方讚賞道：「不錯。」

他得意地拿著成功剝好的蝦子，在李恕謙前面晃來晃去地炫耀，「學長你看。」

「真厲害！」李恕謙笑著稱讚，滿心都是青年眼梢微挑恣意張揚的樣子。

何馨憶把蝦子放到李恕謙的盤子裡，「學長吃。」

李恕謙也不客氣，「謝啦，等下我也幫你剝。」

桌子另一邊陸臣還在嘗試把剩下的殼去掉，他費了一點功夫才把殼去乾淨，蝦肉並不完整，陸臣拎起那隻蝦和丈夫哀嘆，「又失敗了，我剝得醜醜的。」

何馨憶聞言看向對面，指導教授低笑一聲，就著陸臣的手將那隻蝦吃掉，舌尖舔過陸臣沾著蝦汁的指節，舔著唇低聲說：「感謝招待。」

他瞬間移開視線，覺得自己撞見什麼私密的場景，一回頭見李恕謙還在跟蝦殼奮鬥，他忍俊不禁，「學長我剝啦，交給我！」

他用指導教授的方法剝了幾次愈剝愈順手，每剝一隻就丟到李恕謙碗裡，李恕謙也試著剝蝦，無奈手套太寬大剝起來極不順手，剝下來的蝦肉有點零碎，何馨憶一本正經地稱讚，「學長真棒，很成功。」

李恕謙看也知道學弟根本睜眼說瞎話，他笑道：「嘴巴張開。」

何馨憶乖巧地張開嘴，李恕謙便把手上的蝦肉放到他嘴裡，手指輕輕擦過他的牙齒。一瞬間，他腦海浮現李恕謙將手指伸進他嘴裡翻攪的畫面，他臉色微紅，連忙垂下頭心慌意亂地咀嚼蝦子。

「怎麼樣？」李恕謙邊吃邊問。

「很新鮮，好久沒吃到蝦子了。」何馨憶含糊地回答，「學長，我自己剝就好。」

「沒關係，禮尚往來。我現在有手套，接下來你別動手換我剝給你吃。」

他順著李恕謙的意，用溼紙巾將手擦乾淨，開玩笑道：「學長，快展現你的剝蝦神技。」

「交給我。」李恕謙興致滿滿，他奮力隔著寬大的手扒雞手套抓住蝦子，幾次想學指導教授的方式卻總是失敗，把蝦肉拔斷好幾截，碎蝦肉黏在他的手套上無法放到青年的盤裡。

李恕謙心直口快地問：「還是你要用舔的？反正戴著手套很乾淨，應該沒關係吧。」

何馨憶微愣，直覺這個提議有些曖昧。

「要不要？我都剝了，不然有點浪費。」李恕謙催促道。

他悄悄觀察對面，陸臣正在和指導教授低聲說話沒注意他們，他一時間有點猶豫，又不想浪費能接近李恕謙的機會，不久他就會和李恕謙分道揚鑣，再也沒機會吃到李恕謙幫他剝的蝦子。而且這件事在朋友之間做出來也算正常，不過是蝦子沒必要想太多。他在心裡替自己找了各種合理的藉口後，佯裝自然地說：「好，我要。」

李恕謙伸出手湊到他嘴邊，他握住李恕謙的手腕含住整根中指，舔過指節之間黏著的碎蝦肉，他抬眼凝視李恕謙，李恕謙微訝，嘴唇動了動似是察覺不對勁。

何馨憶的世界彷彿被按下靜音鍵，什麼也聽不見，只能聽見一下一下反覆在胸腔撞擊的心跳聲。他吐出指節，撞見對面兩道深沉的目光，他心虛地喝了一口茶，眼角餘光瞄向李恕謙。

李恕謙抿著唇脫下手套，動作緩慢細緻地用溼紙巾擦拭手指，表情莫測。餐桌上一陣沉默。

半晌，指導教授閒聊道：「恕謙，你們一起住多久了？小憶睡哪裡？」

「啊——大概快兩個月吧。」李恕謙回過神來，「小憶睡客廳，我們的客廳很大，有清一塊地方鋪床墊。」

陸臣接著問：「這樣不會很不方便嗎？」

「因為我的租約快到期了，之後想換大一點的房子，住起來比較舒服。」他盤算過，若跟青年同住勢必要找兩房的屋子。

陸臣繼續閒聊，「不過你也可以租離學校近一點的地方吧？」

「但是小憶要去上班太遠了，而且他有時候下班很晚，回家就更晚了，很不方便。」李恕謙隱約知道這個話題持續下去，會出現不可預料的情況，眼見第二道菜上來，連忙問，「陸臣哥，要不要先吃？」

「沒關係，你們吃。」陸臣微微一笑，身側的男人替他舀了一匙黃魚豆腐煲放在他面前。

「那小憶覺得呢？」陸臣轉向何馨憶，「你們公司有宿舍嗎？」

「有，不過目前是滿的。所以我想可以找離公司近一點，但不要離學校太遠，可能取中間值吧。」何馨憶考慮之後，覺得這個主意應該是目前最好的。

陸臣暫時找不到話接下去，指導教授低聲說：「先吃飯，你中午沒吃多少。」

陸臣朝伴侶微笑，彼此在眼神對視間似乎已傳遞千言萬語。

男人替桌面上的茶杯添茶，接著陸臣的話往下問：「為什麼想一起住？你們兩個一起決定的？」

「啊嗯。」何馨憶含糊地應聲，避開正面回應，對面若有所思的目光帶給他很大的壓力，他彷彿回到研究所時期站在會議室的講臺上，被臺下的指導教授質問計算的公式有沒有參考文獻作為根據，那道目光讓他連找藉口都不敢，只想全盤托出事實。

「是我提議的。」李恕謙眼看青年有些瑟縮，自主接過話，「我覺得兩個人一起住會比較方便，我有問過小憶的意見，他也覺得不錯。」

指導教授的目光陡然轉向，壓力瞬間解除。何馨憶鬆了一口氣，向學長投去一道感激的目光，正對上李恕謙寬慰的笑容。他安下心，只覺得救場的學長成熟又可靠。

「嗯。」指導教授喝了一口茶，「對了，恕謙。」

何馨憶握緊了茶杯，怕指導教授看出端倪，又要問什麼奇怪的問題。

「今天找你來，是想問你對我們正在研究的項目有沒有興趣？」指導教授話鋒一轉，「中研院那邊跟我們有個合作案，你想不想加入？」

「是什麼？」李恕謙興致勃勃地問。

他漫不經心地吃飯，聽李恕謙和指導教授閒聊他不懂的研究。他看向陸臣，猜測對方也許感到無聊。

結果只見陸臣眉眼微彎，直盯著指導教授看，見男人的茶杯空了便替他添茶夾菜，還會適時地把調味罐放到指導教授手邊，通常男人會給伴侶一個微笑，或而握著陸臣的手放到唇邊親吻，或而轉頭與對方低語。

他想，所謂感情好也許就是這樣子吧。就連他的父母結婚二十幾年來很少吵架，也沒見過他們對彼此這樣，彷彿感情能透過空氣傳過來。

一頓飯接近尾聲，何馨憶去了一趟洗手間。不久指導教授推門進男廁，打開水龍頭時低聲說：「小憶。」

「嗯？」他抬起頭，看向化妝鏡中嚴肅的指導教授，他隱約知道指導教授要說的大概不是中聽話，這頓飯間帶來的不祥預感再度浮現。他的心臟不安地砰砰直跳，耳朵發熱，他握緊水龍頭考慮現在能用什麼藉口奪門而出。

男人看著鏡中的學生，聲音低沉，字句簡潔有力，「無論是工作還是感情，選你喜歡的就好，但是不能逃避現實。」語畢，他洗完手先行離去。

指導教授不是進來上廁所，只是來見他。他目送著指導教授的背影，聽見了倒數計時歸零的尖銳長音。他費盡心思維持的幻想，彷彿被子彈擊中的玻璃，片片剝落在地板碎成一地。

不能再逃避了。他知道自己陷溺在李恕謙的溫柔裡，費盡心思維持一點偷來的善意，但現實是李恕謙不過是基於對學弟的道義照顧他，絲毫沒想過學弟會對他抱持著齷齪的心思。

如果讓男人知道，他收留的學弟曾經或多或少地暗示旁人他們兩人關係匪淺；如果讓男人知道，他收留的學弟在錯吻他的同時其實暗自慶幸；如果讓男人知道，他收留的學弟曾經在浴室裡想著他自慰到高潮；如果讓男人知道，他收留的學弟利用自身的悲慘事件騙他假裝男朋友；如果讓男人知道，他收留的學弟剛才其實是故意含住他的手指——

若被拆穿任何一個，李恕謙會用什麼樣的眼光看待他？

他敢說自己絕對比其他人更了解李恕謙的生活習慣，比任何人都更喜歡李恕謙，但他不只不敢光明正大地像李恕謙的前女友那樣表白，連要求李恕謙不要去相親都做不到。他的性別讓他喪失競爭資格，連站上起跑線都被禁止。

這樣不正當的情感，他光是想像李恕謙會用或而憤怒或而厭棄的目光看他，或許連看他一眼都不願意，他就痛苦得發抖，淚水不自主地泛出眼眶流下臉頰。他吞嚥著鹹苦的淚水，用冷水用力拍著臉頰試圖止住眼淚。他擤了數次鼻涕，凝視著化妝鏡裡的自己，他的眼眶和鼻梁微微泛紅，但勉強還可以用感冒掩飾過去。

他深深吸入冷涼的空氣，回到包廂。但在看到李恕謙的那一刻，他分明再三做了心理建設，眼淚卻還是不自主地流出來。

投資一定有風險

李恕謙被他嚇了一跳，「你怎麼了？」

他抽泣著說不出話，只是搖頭。

李恕謙抬頭看向先一步從洗手間回來的指導教授，「老師，小憶怎麼了？」

指導教授穿上披在椅背上的西裝外套，伸手與自己的伴侶十指交扣，「你們兩個談一下吧，帳單我已經付了，我們就先回去了。」

「好。」李恕謙目送兩人出去，又回頭看向他，「可以說了嗎？老師說了什麼？」

他勉強扯出微笑，「老師說，我不可以逃避現實。」

那一瞬間青年的眼眶陡然泛紅，眼淚懸在眼角。李恕謙心臟驟然一縮，「怎麼了？發生什麼事了？跟我說好不好？」青年愈哭他愈心慌地反覆詢問，語氣甚至有了一絲細不可察的哀求。

青年又笑，淚水卻滑落眼角，每一次抽氣都像是嗚咽，一顆一顆的淚珠滑過青年的唇瓣，匯聚在下巴處凝成最大的水晶，搖搖欲墜。

李恕謙有種錯覺，彷彿當那顆水晶落地，青年也會跟著碎裂，他伸出食指輕輕接住那顆水晶，看著液體在食指上緩慢滾動，他闔起手掌將水晶握進手裡。他不是第一次見到青年哭泣，但比起上一次外露的情緒，青年這一次哭得很卑微，彷彿像在請求誰的允許般很輕很輕地啜泣。

李恕謙手足無措只覺得心慌意亂，青年單薄的肩膀微微發顫。他遲疑一下，很慢很慢地攬住了學弟的肩，讓青年靠在自己的胸膛。他聽見懷裡傳來反覆的抽氣聲，胸前的衣衫盡溼、黏在胸膛上，懷裡的聲音很輕，「可是我不敢，怎麼辦學長？我不敢，我不敢說，現實那麼難，說了就連夢都沒有了，怎麼辦？學長，怎麼辦？」

他光是聽見那樣輕微的哭泣，就能感覺到絕望從每一次泣音中蔓延而開。他一向細心認真又負責的可愛學弟，為什麼會突然痛哭失聲？到底是誰？是誰讓青年哭得這麼絕望又心碎？

溫熱的淚水在李恕謙的胸膛淌成一片潮溼的海洋，李恕謙輕輕拍撫青年的背，一下一下像在安撫心愛的寵物，動作既輕又溫柔。

何馨憶眨了一下眼睛，即將止住的眼淚再度一湧而上，愈想停止愈做不到，抽氣之間只覺得疼痛更甚，像是被誰拿了把刀插進自己心窩後又狠狠轉了兩下。愈貪戀，愈難過。

他悄悄伸出雙手環住李恕謙的背，趁機牢牢抱住男人，讓自己陷進學長寬闊的懷裡，鼻息之間都是熟悉的沐浴露香味。他放任自己沉浸好半晌才鬆開手，微微抬頭，見李恕謙滿臉擔憂，不停地詢問他怎麼了。

但是他不能說，什麼也不能說，就是因為知道李恕謙會擔心更不能說。說了，就什麼都沒有了。

「好點了嗎？」李恕謙低下頭，伸出手輕輕碰觸青年的臉頰，拇指擦過眼角的溼意。

何馨憶掙脫男人的懷抱，用衣袖擦掉眼淚，苦澀地扯起唇角，「回去吧，學長。」

李恕謙只覺得懷裡忽然一陣空蕩，沒有得到答案更讓他坐立難安，「你先跟我說發生什麼事，到底怎麼了？」

「沒什麼，我去一下洗手間。回去再說吧，學長。」青年搖頭，不肯再多說，轉身離開包廂。

李恕謙蹙著眉，拿起手機撥給陸臣。電話響了幾聲後被接通。「喂。」

「喂，陸臣哥，你知道老師在廁所跟小憶說了什麼嗎？」李恕謙皺著眉，青年哭成那樣明顯和指導教授有關，他怎麼可能什麼都不問？

陸臣看向坐在沙發上休息的丈夫，男人察覺他的目光挑起眉。他辨識出陸臣的嘴形後便點一下頭，陸臣心領神會，「你們老師叫他面對現實。」

「什麼現實？」李恕謙沒解開疑問，反而更疑惑。

陸臣輕嘆一口氣，決定好人做到底，「恕謙，你說小憶之前沒工作所以收留他，不過小憶難道沒有其他朋友嗎？再說，現在小憶有工作，你們工作地點又離那麼遠，為什麼還要一起住？」

李恕謙反射性回答：「因為方便啊。」他從沒有深思過這個問題，潛意識裡覺得他與青年一起住會比較好。

陸臣輕哼一聲，決定換個方式舉例，「你確定是因為方便嗎？這麼說好了，假設我跟你工作的地方在隔壁，我也不會跟你一起租房子；相反的，就算你們老師住在南極，我也會想辦法跟他住在一起。」

「但你們本來就會住在一起，我也不需要跟你住。」李恕謙不認為這有什麼問題，而且指導教授又不住南極，陸臣的假設沒有任何合理的前提。

陸臣被對方的話一帶覺得也有道理，再一細想又覺得哪裡不對，「那如果今天小憶住南極，你也要跟他住嗎？」

李恕謙覺得更加困惑，「但是小憶不會住南極啊。」這個假設完全不成立。

陸臣還沒接話，何馨憶已經回到包廂，「學長，走吧。」青年的臉頰淌著水珠，眼眶泛紅。李恕謙看得心疼，匆匆結束通話，「那先這樣，陸臣哥掰。」

「你好多了嗎？」他忍不住伸手，想抹去青年掛在眼角的淚珠，青年卻別開臉讓他撲空。李恕謙微愣，才要開口，青年扯起唇率先轉身。

坐捷運回家的路上，何馨憶整路沉默，握著扶手縮在角落。李恕謙幾次搭話想關心都被青年搪塞過去，他更覺得不對勁。何馨憶一回家就去洗澡，接著匆忙就寢，似乎不想談論這件事。

李恕謙望著黑暗中蜷縮在客廳角落的青年，心情沉重地想，明天一定要弄清楚青年傷痛的原因，如果他能幫上任何忙，一定會盡力去做。

隔天一早，李恕謙原本預計要找何馨憶一起去取車，但青年說跟朋友有約，一大早就出門了。李恕謙這才想起陸臣哥問他，青年有沒有其他朋友。他猜何馨憶應該有一些普通朋友，不過平常青年很少和誰約出門，反而都與自己待在一起消磨假日。

他難得單獨一人，忽然覺得有點無聊，吃完早餐後一個人出門到車廠領車。業務已經等在那裡，見他單獨前來便問：「何先生今天沒來？」

投資一定有風險

「他有事。」他隨意地接過車鑰匙，跟著業務檢查新車的各項設備。交車後他坐進駕駛座，新車散發出嶄新皮革的氣味。他繫好安全帶，調整後照鏡與後視鏡，開啟空調系統，便踩下油門開出車廠。

李恕謙開著自己的第一臺車在市區行駛，以為會很興奮，卻反而覺得索然無味。沒有可以說話的人，沒有可以展現的對象，那種興奮感被稀釋沖淡，還不如何馨憶幫他殺價的那一天那麼開心。

李恕謙開著汽車在市區繞了一圈，意興闌珊地回家。他打開家門，滿心期待會在沙發上看見青年，或者滿室盈滿了飯菜香。門一開卻是整室陰暗，孤寂感瞬間迎面而來。

他忽然不知道要做什麼，原來以為自己的生活很充實，平日上下班，下班後和青年看電影做家務，週末和青年去採購、看租屋。沒想到現在光是少了一人，便清空他所有的行程。

李恕謙在家坐不住又開車去全聯，照青年平日的習慣進行大採購，買了一大堆生鮮食物。他買得太多一趟拿不完，又走了兩三趟才把所有的食物從車裡搬回家。

他每一次打開家門，都暗自期待看見屋內已經亮起燈光。他分明知道從地下室停車場到自己家不過幾分鐘，卻一直抱著這種荒謬的期待，期待愈高失望愈大，直到傍晚終於忍不住拿起手機傳簡訊給青年。

你在哪裡啊？要回家吃飯嗎？

在等待何馨憶回覆的期間，李恕謙從冰箱拿出四分之一顆高麗菜，站在流理臺準備洗菜，心裡琢磨著要不要吃蛋炒飯，他可以放點肉片放點洋蔥，再打幾顆新鮮的蛋。他備料備了大半時間，簡訊聲才慢悠悠地響起，他立刻放下手邊的東西，匆匆洗手跑去看手機。

不用，學長不用等我。

一句簡單的回覆顯示在螢幕上，李恕謙頹然地垂下肩，隨手把手機拋到沙發上，看著流理臺上的食材，忽然失去所有備餐的興致與食欲。他草草替自己煎了

投資一定有風險

顆荷包蛋，簡單燙了青菜，隨意選了部電影配著吃飯。

李恕謙邊吃邊抬頭去看大門，電影看得心不在焉，吃完飯後他懶散地癱坐在沙發上快轉剩下的電影，一下轉到結局只覺得更無趣，便關掉電視去洗澡。一洗完澡又立刻查看手機，將近十點了，何馨憶卻還沒有回家。

什麼事要弄那麼晚？是不是發生什麼事了？青年以前從來不會這麼晚沒回家卻不告訴他，也許是出意外了？李恕謙急忙撥電話給青年，耐心地等著響鈴，電話沒接通又再打，第二通電話響了十幾聲才被接起。

「喂。」另一頭是李恕謙毫無預期的陌生男子的聲音。

一瞬之間，他猜測何馨憶或許真的出了意外，沉聲問：「你是誰？這是小憶的電話吧？」

「小憶，喔——他在洗澡。等下我請他回撥。」男人的話裡透出兩人關係的熟稔。

「嗯。」李恕謙忍住質問的衝動，掛了電話後更加心煩。

接電話的是何馨憶的什麼人？如果他們夠熟的話，怎麼從沒聽青年提起過？那兩人做了什麼，為什麼青年需要去洗澡？青年有沒有怎麼樣？他忍下煩躁，耐著性子等學弟回電。此刻陸臣的問題忽然從心底浮現。

「爲什麼要一起住？小憶難道沒有其他朋友嗎？」

事實是青年也有其他朋友，是那種好到可以在對方住所留得很晚，還可以借浴室的朋友。原來除了他之外，何馨憶也能暫住在別人家裡，不是非他不可。不知怎麼的，意識到這個事實竟讓他心裡發涼。

Be Care For
What You Invest For

投資一定有風險

✦

第八章

投資一定有風險

何馨憶踏出浴室時，看見小茶几上滿是零食和啤酒。王裕文見他出來，便說：「剛剛有人找你。」

「誰？」他用毛巾擦著溼頭髮，坐到好友對面。

王裕文聳聳肩回答：「恕謙。那誰？」

他心頭一跳，私心設定的來電顯示像是某種意在言外的表白，他突然覺得尷尬，垂下頭若無其事地說：「噢，我研究所學長。」

「幹嘛突然找你？你不是早就畢業了嗎？」王裕文拆開零食包裝，拿了一片洋芋片邊吃邊問。

「我們現在一起租房子。」他拿起吹風機吹頭，猶豫是否要回撥電話。他還沒想好要怎麼面對學長，但又怕有急事，吹完頭後還是回撥了電話，鈴響一聲就被接通。

「喂。」電話那頭傳來李恕謙略顯急促的喘息。

「學長你找我？」他隱約察覺到李恕謙不同以往的反應，接著問，「怎麼了嗎？」

「你這麼晚了還沒回家是去哪裡？有沒有怎麼樣？幾點要回來？」李恕謙如機關槍般一連問出三個問題，何馨憶愣了數秒才反應過來，「我今天不回去，要在朋友家住幾天，沒事。」

「喔——」李恕謙拉長回應，彷彿極其失望，「好吧，那你注意安全。有什麼事打給我。」

何馨憶微微一笑，李恕謙對他的擔憂讓他感覺溫暖，語氣不自覺放軟，「沒有什麼事，學長不要擔心。」

「有事記得打給我。」李恕謙再次強調，「任何時候都可以。」

男人鄭重的態度讓他更加覺得心暖，他溫順地回答：「好。」

何馨憶掛上電話，好友拿著洋芋片邊吃邊看他，那道了然的目光讓他加倍心虛，粗聲問：「幹嘛？」

王裕文咬著洋芋片，口齒不清地說：「我在想你什麼時候要承認你就是你朋友。」

「知道就好，幹嘛拆穿我。」他咕噥道，「總之就是這樣啦。」他自暴自棄地拿過一罐臺啤，打開易開罐仰頭喝了一口。

「我總結一下，你朋友的前一份工作因為職場性騷擾所以離職，在找工作的期間借住在學長家。現在你朋友找到工作想要搬出去，但是他學長不放人。」王裕文拿了一片洋芋片，「忘了說，你朋友暗戀學長多年，不巧學長很直，所以他和學長住在一起痛並快樂著。」

「也沒有多年啦……」他小聲反駁。

好友也開了一罐啤酒，輕撞他的啤酒罐，「然後呢？」

他悶悶地灌了口啤酒，「我覺得一起住太痛苦了，他的很多舉動都會讓我想太多。」

「我倒是覺得你不一定是想太多。」王裕文將洋芋片咬得「咖嚓」作響，口齒不清地說，「至少他非常信任你吧，像管存摺這種事我也只讓我媽管過而已，連女朋友都沒碰過。」

「他知道我管過實驗室的帳，而且那個戶頭其實沒多少錢。」何馨憶已經想過各種理由來解釋這件事，現在說得很順口，「我都會定期跟他對帳，他很放心。」

「『知道』跟『願意』還是兩件事吧。」王裕文反駁道，「我也知道你在這方面很精明，但我就不會讓你管我存摺。」

「嗯……」他想，好友和李恕謙當然不一樣。

「而且假裝男友不用做到那麼逼真吧？我是覺得可以跟同性毫無障礙地十指相扣，這超過朋友的範圍了。」王裕文繼續分析，「你想想看，如果是我跟你──」

他話還沒說完，兩人都不自主抖了一下。

「「才不要！」」

「所以啊──我是不覺得你學長真的很直啦。」王裕文舔了一下指尖的鹽粒，「可能腦子很直，身體不一定。」

這話燥得何馨憶心裡發慌，「你在說什麼啦！」

「你想到哪裡去了？」王裕文莫名其妙地看他，「我是說，他可能不覺得他是同性戀，但是身體卻不排斥和你有這種超友誼的親密接觸。」

「那可能也是演戲。」他落寞地嘆了口氣，「不對，那就是演戲。」

「嗯……」王裕文沉思數秒，「我還是覺得很奇怪，他根本沒必要堅持跟你住吧，對他來說又沒有什麼好處。而且只是室友的話，有需要打電話查勤嗎？」

「他是擔心。」何馨憶連忙替李恕謙反駁，「他怕我出事，一直跟我說有什麼事要記得通知他。」

「但你不是有說你不回家吃飯了嗎？」王裕文記得在外吃飯時，何馨憶還回過一次簡訊，「他還問你要不要回家，這管太寬了吧？」

「學長人很好，可能覺得照顧我是他的責任。」他倒沒有覺得李恕謙關心太多，相反的，他們這段時間一起住，總是會互相報備要不要回家吃飯、各自有什麼行程，那對他來說反而更有歸屬感。

「但你都已經畢業了，那應該不算責任吧。」王裕文又喝了一口啤酒，「我覺得啦，與其你這樣猜不如就乾脆跟他告白，一邊找房子。他拒絕你，你就搬出去住；他接受，你們就一起住。」

「我做得到就不會那麼煩惱啦！」何馨憶忿忿地把剩下的啤酒灌完，「我就怕他覺得不舒服，好像這段時間我跟他住是別有居心，而且告白失敗不是很尷尬嗎？」藉著酒意，他一口氣把所有的顧慮都說出來。

「那你就搬出去啊。」王裕文晃了晃易開罐檢查裡頭是否還有啤酒，他的動作漫不經心，說出來的話卻一針見血，「尷尬也只是一段時間而已，而且現在是有人喜歡他又不是討厭他，再怎麼樣，被喜歡還是比被討厭好吧。」

「那可不一定。」何馨憶輕哼一聲，想起某些不好的回憶。

「長痛不如短痛。我覺得你們老師說得不錯，必要時刻就要快刀斬亂麻，不要吊死在一棵樹上，你之後還會碰到更好的。」王裕文又開了一罐啤酒，繼續威逼利誘，「你敢跟你學長告白，我就請你吃大餐！」

何馨憶聞言忍不住笑出來。王裕文和他在大學認識，他們是同班同學，因為座號相連，實驗課分組總是同一組，兩人漸漸熟稔成為好友。後來他去別的學校念研究所，王裕文還待在原本的學校，那段期間他們各自專注在研究上很少聯絡。

等到大家出社會後，何馨憶花了一大段時間熟悉工作環境，加上又碰到性騷擾事件，忙著處理訴訟同時還要邊找新工作，完全沒空社交。近日王裕文看到他的社群網站動態，發現彼此都在同個城市才又開始往來。

今天他拖著王裕文在外面晃了一圈，半遮半掩地坦言現在的處境。有些朋友即使沒有保持聯絡，再次碰上還是有說不完的話題和可以傾訴的煩惱。和昨夜相比，他的情緒已經沒有那麼驚惶失措。

「那我要吃日本料理。」何馨憶趁機點菜。算起來他和王裕文已經認識七八個年頭，完全不用客氣。

「首先，你要告白。」王裕文殘忍地指出事實，見他一僵，語氣緩和道，「沒關係啦，如果你告白失敗被趕出來的話，我家可以借你睡幾天啦，但是不會像你學長那樣收留你那麼久。」王裕文講話直接了當，就跟當初無意間發現他的性傾向時一樣。

「那跟我們繼續當朋友沒衝突吧？就像我喜歡女生，又不代表我會喜歡每一個看到的女生。不過我先說，我是不會喜歡你的喔。如果你喜歡我的話趕快放棄吧，我們還是可以當朋友。」

「誰喜歡你啦！我哪有那麼不挑！」

何馨憶還記得他當初回嗆好友，兩個人一起大笑。距離大學畢業才幾年，卻覺得那段青春洋溢的日子已經過去很久。

其實如果當初沒有讓李恕謙看到他那麼狼狽的樣子，他也不會藉機住到李恕謙家裡，圓一個夢。和傾慕的人一起住太快樂，侷限了他的思考和視野。事後回想起來，他當時並非無路可走。

「哈——哈啾！」何馨憶揉了揉鼻子，向前方喊道，「欸！等一下！」

投資一定有風險

「就說你身體太差了，一定很久沒運動吼。」王裕文停下腳步等他走近。

「誰像你下雨天上陽明山啊？哈啾！」何馨憶忍不住又打一個噴嚏，「你到底要幹嘛？回去了啦。」雨水打溼了兩人的腳踝、滲進襪子，鞋墊溼滑出水，他每踏一步都感覺自己走在池塘上。

「還沒。」王裕文又往前走幾步，擇了一處位置向外遠眺，「這裡不錯，都沒人。」

「當然沒人，哪有人會雨天來擎天崗。」冷風直灌袖口，何馨憶抖了一下，「回去啦。」

「我是為了你才上來的耶。」王裕文不滿地挑起眉，「就這邊吧，你可以開始練習了。」

何馨憶瞬間呆愣，以為自己漏聽什麼重要關鍵，「練習什麼？」

「告白啊。你就在這邊大叫——」王裕文一頓，忽然轉頭問，「你說你學長全名是啥？」

「李恕謙。」他反射性地回答。

「好，你就叫——」王裕文回頭，突然對著大片草原吶喊，「李恕謙，我喜歡你！」他的聲音被雨聲稀釋，彷彿每個字都滲水暈開模糊不清。何馨憶離他最近，將告白聽得一清二楚，心裡又熱又慌，山上連番呼嘯的冷風也無法降低心頭的燥意。

「走啦。」他伸手想去拉王裕文，反而被好友扯住衣袖。

「你快點啦，這裡都沒人。大聲告白不要怕，多練習幾次你就敢啦！」

「又不是什麼試膽大會！」何馨憶只覺得荒謬，「不是我在這邊練習就可以。」

「你知道人有肌肉記憶嗎？你不停地練習，就算不動腦也可以憑肌肉說出來！」王裕文說得很認真，「快點啦我們都上來了，都是為了你耶！哈——啾！」他打了一個噴嚏，再度催道，「快點快點，時間有限。」

何馨憶被王裕文鬧得沒辦法，他嘆了口氣，學著好友轉向雨中的草原。昏暗的天色讓他看不清遠方，只能看見一片雨幕，他輕聲說道：「李恕謙，我喜歡你。」

「聽不到啦，聽不到！」王裕文又催，「加油加油！你只要在這邊大喊二十次，我們就下山。」

「唁——」他長聲哀嘆，但王裕文一臉堅持。何馨憶知道好友的個性，若未達目的決不罷休，如果他不喊，王裕文真的會跟他耗下去，這樣兩個人非得在山上凍死不可。

何馨憶又嘆口氣，王裕文看他的目光充滿期待和鼓勵，他忽然心裡一軟。如果不是為了他，其實王裕文沒必要在這裡陪他活受罪，雖然他沒有拜託對方這麼做就是了。

既然都在毫無人煙的雨天來到與世隔絕的山頂，何馨憶忽然覺得沒有什麼好顧忌，鼓起勇氣提高音量，「李、恕、謙，我——喜——歡——你。」每一個字都拖得又長又沉，彷彿拉長音的過程可以蓄積勇氣說出下一個字。

「好，再來！」王裕文用力喝采，「還有十九次。」

有了第一次，第二次更容易。何馨憶深吸一口氣，放大音量一鼓作氣道：「李恕謙，我喜歡你！」

「第三次。」王裕文不讓他休息，繼續催。

何馨憶再接再厲，「李恕謙，我喜歡你！李恕謙，我喜歡你！李恕謙，我喜歡你！」他一連喊了三聲口乾舌燥，只覺得自己的告白被雨聲吞噬，莫名給了他安全感和勇氣，讓他拋掉羞恥心繼續連番告白，「李恕謙，我喜歡你！李恕謙，我喜歡你！李恕謙，我喜歡你！」

聲音在廣闊的草原上被冷風吹得老遠，腎上腺素逐漸消退，何馨憶開始感覺到涼意，只想趕快下山取暖，僅有的遲疑早已被消磨得一乾二淨。

他的告白從一開始的輕聲呢喃到後來粗聲大喊，從深情喊到敷衍，冷風凍得指尖末端失去知覺，喊到後來他也不確定自己到底喊了什麼，但告白話語彷彿刻在腦子裡張口就能說出來。他不知道自己喊了幾次，直到王裕文滿意地說夠了，

投資一定有風險

兩人才下山。

下山後他們找了一間咖啡廳進去坐，吃了一點東西，溼黏的衣服被店裡的冷氣一吹，何馨憶頓時頭昏腦脹。王裕文催他回家休息，他便搭上回家的公車。何馨憶進家門時家裡沒有人，他簡單沖澡又倒了杯熱水潤喉，便決定去睡覺，晚點起來再想要吃什麼。

李恕謙回家時客廳並未開燈，他猜測青年還沒回家，只得忍住失望，將雨傘放在門外走進屋裡。他打開電燈便看見何馨憶在被子裡縮成一團，不禁一陣欣喜，輕手輕腳地關上大門，又躡手躡腳地走到廚房煮飯，決定等青年起來再討論吃什麼菜。

一小時後李恕謙走出房間想喝水，見青年還在睡，他琢磨時間，走過去輕聲喚道：「小憶。」

「嗯？」何馨憶半夢半醒之間輕哼一聲，呼吸聲有點沉重，熱氣撲面而來。

李恕謙察覺不對勁，拉開青年的棉被，發現青年渾身出汗臉頰通紅。

李恕謙輕輕搖他，「小憶，你是不是感冒了？」

「學長？」何馨憶半睜著眼，本來覺得熱，棉被一掀開又覺得冷，瞬間抖了一下，「好冷。」

李恕謙皺起眉，「你這樣會更嚴重，先換掉衣服等下再睡。」

「嗯……」何馨憶昏昏沉沉地接過李恕謙替他拿來的衣服，才站起身，立刻被李恕謙按住，「你要去哪裡？」

「廁所，換衣服。」他輕聲回答，只覺得頭更昏沉。

「你站都站不穩，在這裡換就好，我幫你。」李恕謙壓著他坐下，「手舉高。」

何馨憶聽話地舉起雙手，李恕謙將他的上衣脫掉幫他穿上另一件，「還有褲子。」他配合地伸直雙腳，讓李恕謙脫掉棉褲換另一件穿上。

李恕謙把青年塞回被子裡，他評估對方可能吃不下什麼東西，當機立斷地說：

「我去煮稀飯，等等再叫你。」

投資一定有風險

李恕謙將飯盛到鍋子裡加水開火，接著把筆電從房裡搬到客廳，一邊顧火一邊觀察青年的情況。等米飯軟爛後他放進蔥和薑，切了魚片和肉末繼續熬粥，整間房子都是魚片和薑絲的味道。

何馨憶睡夢中只覺得飢腸轆轆又爬不起來，只能餓著肚子繼續睡。半晌，他感覺到自己被人扶起靠在對方身上，他微微仰頭，看見李恕謙冒著短鬍渣的下巴，「學長？」

「可以吃了。」李恕謙撐起青年，讓他靠在自己胸膛，「要不要我餵你？」

「嗯？」何馨憶茫然地看他。

李恕謙見他的反應知道他還沒醒，索性直接餵他，「來，嘴巴張開。」

「啊？」何馨憶乖巧地張開嘴吞下魚片粥，他有點鼻塞吃不出味道，但身體逐漸溫暖起來，他張嘴又吃幾口，直到李恕謙餵完一整碗稀飯。

「還要嗎？」李恕謙問。

何馨憶直覺地搖頭，肚子有點撐，他迷迷糊糊地看向李恕謙，「謝謝學長。」

「沒事的。」李恕謙拍拍他的背，只覺得身形嬌小的學弟窩在自己懷裡因寒冷而發抖，讓他心疼又憐愛。這種感覺有點像兩天前青年埋在他胸口痛哭，他的情緒大受波動，一股陌生的保護欲油然而生，只想剷除任何讓青年痛苦不安的因素。

「學長真好。」何馨憶嘆息著窩進李恕謙的頸窩，睡意更加濃厚，他勉強維持意識，一心還想著今天在山頂上的告白。說不定明天就不敢說了，今天一定要說出口，不然練習都白費了。

主意一定，他輕聲道：「學長，我想跟你說、一件事。」

「嗯？」李恕謙低下頭，將耳朵湊近青年的唇邊。

「喜歡、你——」青年的聲音輕微，尾音幾乎融進空氣。

李恕謙聽不清楚，便湊得更近，「什麼？」

何馨憶抵擋不住睡意沉進夢裡，只是在睡夢中反覆呢喃：「——謙，我喜歡——李恕謙，我——李——，喜歡你——」

投資一定有風險

他說了好幾回，那幾個字在句子中忽隱忽現，李恕謙耐著性子聽，終於拼出一整句話。

「李恕謙，我喜歡你。」

Be Care For
What You Invest For

投資一定有風險

✦

第
九
章

投資一定有風險

他聽見大鼓敲響的聲音，「咚、咚、咚」，每一聲都沉沉地敲在耳膜上。

學弟的體溫透過薄薄的上衣傳過來，李恕謙的身體忽然發熱，尤其是抱著青年的手臂燙得彷彿正放在火爐上烤。腦子頓時混亂到無法思考，手臂卻反射性地收緊，甚至用雙手將青年牢牢擁進懷裡。

青年不安地動了一下，抬起頭往上湊在他的頸窩處反覆磨蹭，似乎在尋找舒適的位置。他配合地彎下背脊，讓青年順利枕上他的頸窩，青年滿足地嘆出一聲，終於不再呢喃，睡得更沉了。熱燙的氣息噴在頸側，讓李恕謙側頸發癢，他忍下癢意試圖釐清現況。

青年說，喜歡他。他將懷裡的學弟摟緊，一時間無法分辨那種雖然陌生，卻比保護欲更強烈的情感。他交往的經驗不算多，每一次都始於互有好感後，被直接或間接地告白。他抱著嘗試看看的心情和對方相處磨合，在相處的過程中他也投入了心思，直到因外在因素而分手。

李恕謙以為感情就是這樣。溫潤如水相處而來，時間一久，若不合適就分開。

這是第一次他被告白活生生地衝擊，陌生而純粹的喜悅撞得他頭暈目眩。那句喜歡承載著真摯又濃烈的情意，青年即使生病，即使意識不清，也執著地想要表達出來。

李恕謙覺得高興又覺得榮幸，這兩日壓在心頭的煩悶感瞬間消逝。他手足無措情緒激動，忍不住把何馨憶抱得更緊，下巴抵住他的背，想要把青年完全收進自己的領域，任何人也別想奪走。

何馨憶在睡夢之間微微掙扎，李恕謙意識到自己抱得太緊鬆開了懷抱。他環視四周，突然覺得客廳太冷不適合養病，使力抱起青年回自己房間，將青年放在自己的床上。

青年鬆開眉心，李恕謙替他拉好棉被，又探了探他的額溫。何馨憶的體溫仍然很高，李恕謙便從浴室拿了一條小毛巾用冷水沾溼，放在青年的額頭上。他去廚房盛了碗稀飯拿回房間，邊吃邊看顧青年。

何馨憶抱住棉被的一角，側首磨蹭著棉被，額上的小毛巾落在一旁。李恕謙拾起微溫的毛巾，另一手再次去探青年的額溫，體溫似乎降了一點，但李恕謙擔心這只是自己的錯覺。他不敢掉以輕心，又去客廳找醫藥箱翻出退燒藥，放在床邊的矮桌以便讓青年服用。

夜愈深何馨憶睡得更沉，終於不再冒汗。李恕謙放下心來草草收拾廚房，再去洗澡。熱水沖在身上洗去他的疲憊，夜深人靜的時刻，青年的告白再度浮出腦海。他細細品味這股陌生的心情，喜悅的餘韻還留在身體裡，從胸口向外擴散而開。

青年那麼認真地告白，他也必須仔細而慎重地回應。他還沒辦法很好地解讀自己的感情，卻知道唯獨不想讓青年那麼難過，那個何馨憶趴在他胸口撕心裂肺地哭泣的週五晚上，他再也不想經歷一次。

這算是喜歡嗎？李恕謙從未將同性列為可能交往的對象，學弟也在他的考慮範圍之外，但若要他對青年說出一句拒絕，他卻說不出來。既不能同意又不願拒絕，李恕謙頓時混亂了起來。

洗完澡後李恕謙坐在客廳的沙發，握著手機思慮許久，終於撥出一通電話。鈴聲才響半聲立刻被接起，「喂。」男人的聲音低沉，帶著點饜足後的慵懶。

「老師？」李恕謙吃了一驚，「陸臣哥不在嗎？」

「他剛睡。」男人簡短地回答，「什麼事？」

「噢。」李恕謙原本想問陸臣關於性向的認知，但接電話的人卻是指導教授，李恕謙準備半天的問題忽然問不出口，「那，我明天再打好了。」

「你要問什麼事？」男人停了一下，「跟小憶有關？」他的聲音此刻竟浮出笑意。

「嗯。」李恕謙含糊地應聲，總覺得和指導教授談論感情很尷尬，但這件事確實困擾著他。他想了想便問：「老師，你有沒有喜歡過女生？」

對面一片靜默，李恕謙忽然察覺這個問題冒犯了隱私，他飛快地道歉：「老師對不起，當我沒問。」

「嗯。」男人慢悠悠地應聲，「你在煩惱什麼？」

「就是……」李恕謙沒想過要怎麼和指導教授坦白。如果是向陸臣諮詢，畢竟陸臣和他年紀相仿又認識幾年，私下相處像同輩一樣，指導教授雖然大他不到一輪的歲數，但他們之間卻橫亙著師生的輩分，讓他說這些兒女情長總覺得彆扭。

「恕謙，你喜歡詩涵哪裡？」指導教授冷不防地問。

李恕謙一愣。張詩涵是他的第二任女友也是他的學妹，他們同屬一間實驗室，當年交往時不曾張揚，但也未特意遮掩，指導教授想必知情。

「就……她很有自己的想法。」李恕謙想了一下，說出記憶中最深刻的特點。

「我記得你之前說過，你還交過另一個女朋友吧？」指導教授漫不經心地問，「那你喜歡她哪裡？」

「嗯……」李恕謙回憶自己和林芷瑩的相處，「她很貼心，而且如果我哪裡讓她不高興，她通常會主動說明為什麼，不會讓我猜。」

指導教授輕聲說：「你喜歡她們兩個是因為不同的原因吧？」

「因為是不同的人啊。」李恕謙理所當然地回答。

「那小憶呢？」指導教授問。

「他……」李恕謙皺起眉，「我覺得他是不一樣的，但是我不能分辨這種感覺是不是喜歡。」

指導教授輕笑出聲，「每個人的感情表現都是不一樣的，就算是同一個人，對不同對象的感情表現也會不一樣，就像你和你的兩任女朋友相處也是不同的。我們本來就很難定義所謂的『喜歡』。」

李恕謙似懂非懂，「可是小憶很明確地知道他的喜歡。」

「那一定是因為你對他來說是特別不一樣的存在，所以他可以明顯地分辨出來。」

「但是我還不能分辨這種喜歡，也不知道自己是不是同性戀。到底對同性的『喜歡』要到什麼程度，才是對異性的『喜歡』？」李恕謙更加混亂。

「恕謙，我想你是把性向凌駕在感情之上。」指導教授慢慢地說，「不去考慮你應該喜歡的是什麼性別，只考慮你對一個人的想法是什麼。如果世界上有個對你來說很特別的人，你想要獨占他，保護他，讓他開心，想一直跟他待在一起，你對這個人的情感和欲望多於世界上的任何一個人。那樣的話不管是什麼原因，你覺得會讓你產生感情的是這個人的個性還是性別？」

李恕謙慢慢地說：「嗯……是因為這個人。也不只是個性，還有個人習慣、相處的感覺等等，但是我覺得性別也會是一個重要的因素。」

指導教授低聲說：「性別當然是一個重要因素，但不是決定你會不會喜歡上一個人的理由，也不是拿來定義你應不應該喜歡一個人的標準。」

「啊。」李恕謙似乎有點明白指導教授想說什麼。

指導教授低笑道：「不用把自己侷限在某一個定位，那未免太狹隘了。」

李恕謙微微一笑，忽然感覺到在這一刻指導教授變得比過往更親近，「那老師呢？」他轉而問道，「你對陸臣哥的喜歡是什麼？」

「他——」男人慢悠悠地拉長了音調，「他是我所有欲望的集合體，承載著我所有的喜歡。如果把他比喻成水庫，我的喜歡比喻成水位，這個水庫大概一直處於警戒狀態，隨時準備要洩洪了吧。」

李恕謙第一次聽到指導教授的告白，他難得窺探到老師的心思，有點興奮，還沒想到要回什麼，便聽見電話另一頭隱約傳來陸臣的聲音。「靳哥，不睡嗎？」他的聲音略顯沙啞，有點像感冒時的失聲。

「要，你睡。」指導教授的聲音拉遠，伴隨著親吻聲與淺淺的呻吟，李恕謙隔著電話聽得面紅耳赤，忽然領悟到自己打斷什麼，他迅速掛掉電話心跳得飛快，起身去倒了杯冷水匆匆灌下，直到喝完一整杯才冷靜下來。

聽了指導教授的一席話，李恕謙忽然覺得自己對於「喜歡」這種情感的認識還不夠透徹，也許在既定範圍之外還有其他可能。一直以來他只把異性當作潛在交往對象，沒想過自己會喜歡同性，但現在回想起來那似乎有跡可循。

他對何馨憶有著超乎尋常的執著與關心，他見不得任何人傷害青年，他想替青年抹平任何傷痛。甚至當何馨憶含著他的指節，當何馨憶錯吻他時，他的心都有一秒的動搖。

投資一定有風險

他雖然無法定義那就是「喜歡」，這種感覺和他對前兩任女友的感情不太一樣，但當聽到何馨憶的告白，雖是措手不及，卻只有歡喜而不排斥。那是不是代表他的心確實有偏向？

他對同性戀毫無偏見，也有不少同性戀傾向的親密友人，他還支持婚姻平權與多元成家，更是見多了指導教授和其伴侶在他面前恩愛。他雖沒想過自己有可能會有同性戀傾向，卻不代表不願意去嘗試。

他向來不怕走出研究的舒適圈，那在感情上是不是也該試著確認自己的心，看看在他心裡何馨憶是什麼樣的存在？如果真有另一種可能，如果對象是何馨憶——

李恕謙握著馬克杯走進自己房裡，看著床上睡得深沉的青年，不自覺地揚起唇角微笑，心變得更加柔軟。他細細品味這樣的心情，覺得既陌生又熟悉，好像經歷過這樣的心情千百次，卻是第一次清楚意識到這樣的情感。這是喜歡，還是喜歡的前兆？

他在感情上沒有什麼經驗，所以無法辨認。但如果何馨憶願意在原地等他，他會去學，學著慢慢向青年靠近。

——《投資一定有風險．上》完

Be Care For
What You Invest For

投資一定有風險

✦

番外一

投射

何馨憶夾著膝蓋，以一種極為彆扭的姿態快步走進浴室，臉色漲得通紅，滿腦子都是畢聲義和曾嘉祥在飯店的大片落地窗前纏綿的畫面。

他雖然知道電影裡不過是借位，但陸臣哥的演技好，那高低起伏聲調婉轉的呻吟勾得他燥得發慌，兩個男人之間的喘息和撞擊讓他的身體跟著亢奮，他為了避免被李恕謙察覺異樣才躲到廁所裡。

他扯下外褲和裡褲，巍峨挺立的下身讓他苦笑了一下。他單手撐著牆，右手圈住自己的性器，將額頭貼在涼冷的牆上，闔起眼緩慢地套弄自己。視線一暗下，電影的畫面倏然消逝，取而代之的是李恕謙溫暖而略帶薄繭的指掌，他想像著李恕謙站在他身後，用手圈住他的性器時快時慢地套弄。

那個景象讓他的性器愈加亢奮而挺立，前端興奮地泌出體液，他的指掌溼黏，套弄之間帶出的黏稠水聲煽情得讓他更加情動。

「學長——」他輕輕叫出聲，腦子裡的李恕謙眉眼溫柔，手上的動作卻俐落而快速，帶著強制而不容掙脫的侵略性。他忍不住用另一手隔著衣物捏住自己的乳頭扭轉，他的乳頭本就敏感，發麻般的快感立刻讓他倒抽一口氣，身體湧出的欲望頓時洶湧得無法止息。

他把那想像成是李恕謙的手，反覆用拇指用力來回撥弄乳頭隨意褻玩，略顯粗暴的動作讓發麻的快感直衝腦門，刺激得他忍不住顫抖，性器更加硬得出水。他圈弄著性器壓抑著喘息，深怕被門外的李恕謙聽見。

「小憶，小憶。」站在他身後的李恕謙貼著他的耳朵輕喚道，「小聲一點，你不想被我聽見吧？聽見你一邊想著我一邊摸你自己，或是看見你想著被我操想到發抖。」

何馨憶嗚咽一聲，感覺到雙臀之間的穴口微微收縮，那熱辣的情話讓他既羞恥又興奮。他單手撩起自己的上衣捲到嘴邊咬住，露出已被褻玩得紅腫挺立的乳頭，他讓乳頭尖端抵著牆壁，敏感的乳首一接觸到冰涼的牆面便微微顫抖，他挺動著胸讓乳首來回在牆壁上摩擦，乳首頂端傳遞而來的快感喚起身體更加深沉的欲望。

他夾起雙腿，塌著腰窩向後翹起臀，想像著李恕謙站在他身後，單手掐著他的腰，將手指緩慢插到他的身體裡溫柔地替他擴張。他忍不住伸出右手繞到身後，雙指併攏摸上自己的穴口，反覆揉按。他的嘴裡咬著上衣，口水將棉質上衣拓出一小塊溼痕，胸前的乳首貼在牆壁上，他搖擺著腰想像那是李恕謙的手指，緩慢抽插自己的肉穴。

何馨憶更加用力地在牆壁上摩動自己的乳頭，不顧雙乳已經發紅腫脹，細微的痛意讓他亢奮得直喘著氣，堵塞的喘氣聲聽起來更像被權威性地逼迫。他微微撇過頭，正好在梳妝鏡裡看見自己。

嘴裡塞著上衣，口水淌至下巴處，貼在牆上蹂躪自己雙乳祈求快感的浪蕩模樣，像隻陷在發情期的畜牲，正不知廉恥地將所有能塞的柱狀物都塞進自己穴裡。他遠遠從鏡裡看見自己的手指沒入體內又抽出，感覺到穴口收縮又擴張，試圖將自己的手指完全吞吃入穴。

李恕謙就在門外，隨時都可能聽見他的呻吟然後開門進來查看。只要一想到李恕謙會看見他翹著屁股含著自己的手指，用牆壁摩擦乳頭，一副等著被操的樣子，身體就興奮得哪都出水。

如果被看到的話，如果被發現的話，李恕謙會怎麼做？他的學長向來處事溫和，但誰知道在性事方面是否如此？也許李恕謙會不由分說地按著他的腰臀，將性器全挺進去，讓他連抗議都來不及。

不，他不會抗議只會歡迎。想要爽，想要痛，想要快樂。想要李恕謙。

他分明知道自己的學長直得要命，根本不可能對他有欲望，想像力卻無法停止，甚至因為粗暴又直接的學長而更硬、更溼、更興奮。黏稠的水聲在狹小而悶熱的洗手間裡迴盪。

「唔。」他輕輕嗚咽出聲，手指愈發用力地抽插自己的內穴，想像李恕謙的性器反覆貫穿他的身體。從臀口處衍生而來的快意讓他頭腦發熱，他搖著屁股往後頂，反覆頂在自己的指尖上，試圖尋找體內的敏感點。

他稍稍彎曲指節，強烈的快感瞬間逼得他直喘氣，他又往鏡子裡瞥去，鏡中的他比方才更狼狽、更耽溺於情欲，彷彿一隻以欲望為食的饕餮，得將所有的情欲吞吃入腹才能果腹。

「學長，幫我。」他輕輕喚道，聲音又輕又淺，像是呻吟又像哭泣，「幫幫我。」

「叩叩。」「小憶？你還好嗎？怎麼那麼久？」

隔著門板，李恕謙的聲音與他的想像霎時重和。何馨憶悶哼一聲，肉穴霎時攪緊自己的指節，酥麻的快感讓他倒抽一口氣，再也壓抑不住呻吟，「唔——」

「小憶？」李恕謙再次敲門，「你沒事吧？」

「什麼事都沒有！」何馨憶飛快地說道，他的手還放在自己的體內沒抽出來，他舔了舔下唇隨意編了個藉口，「學長，能幫我拿衛生紙嗎？」

「衛生紙沒了嗎？你等等喔。」李恕謙的聲音逐漸遠去。何馨憶微微喘氣，從體內抽出手指，對著馬桶自己擼出來，他的雙腿之間一片黏膩，全是體液，他乾脆打開蓮蓬頭沖洗下半身。

「小憶，衛生紙我放門口喔。」李恕謙又出現在門外。

「好。」何馨憶用毛巾擦乾身體，穿好褲子走出浴室。他順手將門口的衛生紙放進浴室內的置物櫃，才往客廳走去。

李恕謙坐在沙發上有一搭沒一搭地吃西瓜，電影的畫面還暫停在畢聲義和曾嘉祥的纏綿片段，何馨憶故作鎮定地坐到李恕謙身旁，心跳得飛快，總覺得異常心虛。

李恕謙打量著他微溼的頭髮末端，「你剛剛洗澡了？」

「只是洗臉啦。」他囁嚅道，「我們繼續看吧。」

「喔。」李恕謙重新放映電影。

何馨憶對著電視螢幕發呆，滿腦子想的都是剛剛李恕謙有沒有聽到他的呻吟，有沒有發現他的異樣。應該是沒有吧？他悄悄側首觀望李恕謙的側臉，李恕謙專注地在看電影，沒有搭理他。何馨憶半是放心半是懊惱，也說不清自己到底是希望被發現還是不希望。

那時候他還不知道，有一天他的學長會握著他的腰，一次又一次地挺進他身體裡，同時在他耳邊一遍一遍地問有沒有想過自己怎麼被操。

他不敢承認早就想過，還不只一次。

——番外一〈投射〉完

Be Care For
What You Invest For

投資一定有風險

✦

番外二 陰陽・上

投資一定有風險

據說陰陽海是生與死的交界，從濱海公路往下眺望，能看見天藍色的海面上浮著淺淺的金黃色，金黃海流隨著浪潮產生弧形的波紋。波紋似乎成了勾住漁船的倒鉤，每每讓誤入歧途的漁船擱淺翻覆，船員逐個踏入陰間，尋不到回家的路。

「小憶，你要不也拍一張？」李恕謙將手機還給同行的友人，讓友人的女友確認拍攝的照片。他走到何馨憶身側，青年似乎沒聽見他的叫喚，他輕拍何馨憶的背，「看什麼？」

「學長你看下面，是不是有人在釣魚？」何馨憶往遠方一指。從他的角度僅能看到影影綽綽的身形，那人穿著拙樸的灰外套垂首坐在岸邊，手裡似乎拿著什麼。

「哪裡有人？」李恕謙順著何馨憶的手勢望去，陰陽海岸邊的石塊多，他們站的地勢雖高，仍不能完全看見被石塊遮擋的人影。

「就是——」陰陽海面反射金燦燦的日光，何馨憶瞇起眼歪了歪頭，換個角度，原先看見的人影便成了奇形怪狀的灰色石塊，「可能是看錯了。」

「那你要跟書書和芳慈一樣，拍一張過馬路的照片嗎？」

「不用啦，我覺得有點危險。」何馨憶壓低聲量，怕說詞冒犯還在路口擺拍的兩位女孩。他們一行人所站的路口呈T字形，若從路的另一頭往陰陽海的方向拍攝便能拍到海天一線，是IG當紅的打卡地點。

李恕謙輕笑一聲，驀地想起頗帶孩子氣的前女友張詩涵。她也總喜歡拽著他的手找一些他看不出哪裡有意義的景點擺拍，不過只要對方能夠從中得到樂趣，他多半不會拒絕。

他的嘴角噙著笑，漫不經心地背靠圍欄，海風將他寬大的襯衫吹得鼓鼓的，露出精實的上臂，稍微抓過的髮型也被海風吹亂，整個人不復斯文，反倒透出不同以往的瀟灑。何馨憶側過臉一望，頓時移不開視線。

認真說起來，李恕謙稱不上俊帥，一般人多會形容他五官端正，但實驗室或系上仰慕他的學弟妹卻不少。

無論是作為大學長或是課堂助教，李恕謙向來以可靠負責著稱。只要大學生在當堂課上有不懂的地方課後前來詢問，李恕謙會講解得很仔細，何馨憶就經常在鄰近期中考和期末考前，瞧見前來實驗室排隊問問題的大學部學生。

細數下來，李恕謙優秀、聰明、溫柔、耐心。只要得過指點，都會對他崇敬又孺慕。

但眼下他比那些學弟妹更近一步，站在這個男人身邊，窺看李恕謙放鬆的神態。他放肆的目光引來男人的注意，李恕謙從眼前的十三層遺址移開視線，彎了彎唇角，「又發呆。」

「恕謙、小憶，我們拍好了！」劉芳慈牽著男友林仲書，朝他們用力揮手。

林仲書是李恕謙的大學同學，他與女友劉芳慈已論及婚嫁。這次出遊是劉芳慈的好友梁玟瓔提議的，她找劉芳慈與林仲書一同來九份旅遊，林仲書便問李恕謙與同為大學同學的周平青要不要一起去玩，三人還能分攤房間費用。

李恕謙答應之際，順道徵求學弟的同意，便與何馨憶同行。一行六人共訂兩間房，女生一間，男生一間。

眾人在臺北車站集合，抵達九份後決定先到民宿放行李。九份的民宿大多依山而建，需爬上長長的石階，由於這裡沒電梯，兩個女孩又拖著行李箱不方便爬石階，兩人的行李箱便分別由林仲書和李恕謙協助，扛上一大段石階。行李安頓後，大伙配合女孩們去水湳洞和陰陽海踩點拍照，再坐公車去金瓜石博物館。

「接下來可以去爬茶壺山。」負責安排行程的梁玟瓔領著眾人等公車，「晚餐可以吃阿妹茶樓，就是每次說到九份，照片取景都會拍到的那一間。」

林仲書從女友手中接過礦泉水，「它有名在哪裡？」

「「外型。」」梁玟瓔和李恕謙異口同聲，那瞬間的默契讓兩人相視而笑。梁玟瓔的笑靨柔美動人，霎那間點亮她秀麗的五官，刺得何馨憶直眨眼。

「不好吃嗎？」周平青噴笑。

「吃吃看就知道了！」林仲書抹了抹嘴，將礦泉水收進背包。

「茶壺山步道要走多久啊？」李恕謙瞥了眼腕表，「我有點餓。」

「學長，我有餅乾。」何馨憶殷勤地從背包拿出蘇打餅乾遞給李恕謙，李恕謙也不跟他客氣，兩三口就吃掉一包。

「要不要喝水？我還有多帶。」何馨憶又從背包拿出一瓶礦泉水。

「我有水啦，小憶。」李恕謙放柔表情，「你自己喝。」

「我有多帶一瓶，學長幫我喝還可以減輕重量。」何馨憶眼也不眨，將礦泉水舉到李恕謙面前。

「那我幫你背水。」李恕謙接過水順勢道，「其他的東西也給我吧，我幫你背。」

「不用──」何馨憶才啟口，李恕謙已從身後提起他的背包，「你都裝什麼？這麼重，東西都給我吧。」

「學──」何馨憶還想拒絕，李恕謙又哄道，「你這樣會長不高喔，已經這麼矮了還背這麼重。」

何馨憶眉眼一彎，嘗到李恕謙的體貼，他便順著男人的意卸下背包嘟囔道：

「學長，不要趁機人身攻擊。」

「我說的是實話。」李恕謙側背起何馨憶的背包，見臉皮薄的青年露出赧然的神情，他熟練地開起玩笑，「現在你的背包被我綁架了，記得拿贖金來贖。」

「我的錢包都在背包裡，沒錢。」何馨憶失笑道，兩手一攤，「要錢沒有，要命一條。」他眼珠一轉半真半假地道，「只好跟你回家了。」

李恕謙被青年的玩笑話逗出笑意，「來，都來，我還養得起你。」

「我本來就是學長的人。」何馨憶淺淺笑開，一句話說得輕盈巧妙。

周平青將兩人的對話全聽進耳裡，他的眼神閃了閃沒作聲。

從金瓜石博物館後方上山，經過一段長長的木階梯，再走一段產業道路，便是無耳茶壺山的入口。茶壺山的步道不算長，卻都是異常難走的碎石路段。眾人一步一步往山頂邁進，愈往上爬路愈陡峭，路旁還綁有粗壯的繩索供人借力攀爬。

約莫半小時，眾人接近茶壺山頂，靠近茶壺岩石處有個地勢較高的平坦處，但陡峭的斜坡表面經過多人攀爬，被踩踏得平滑難以施力。人高馬大的周平青一個大跨步一口氣爬上去，他半蹲在高處向下伸出手將其他人依序往上拉，李恕謙殿後扶持眾人上山。

兩位女孩與林仲書順利爬到周平青身側，周平青將手伸向何馨憶，何馨憶一把握住，感覺對方的手心全是汗水有些滑膩。周平青剛使勁往上拉，何馨憶順勢爬了兩步，似乎踩到什麼東西腳一滑，整個人失去重心向後一路滑向山崖。

「小憶！」何馨憶感到自己的右臂被人往後方硬扯，重重撞進一堵肉牆。在他身後的李恕謙被撞得下滑，幸而他反應極快地握住一旁的繩索才止住墜勢。

「你們兩個沒怎麼樣吧？恕謙？」汗水從周平青的額側落進他的眼睫，他隨手用衣袖抹去，眼睛一瞇，視線落在李恕謙緊抱青年的手臂。

「沒事。」李恕謙搖搖頭，低頭問懷裡的學弟，「你撞到了嗎？」

「沒、沒有。」何馨憶嚇出一身冷汗，只覺得自己到鬼門關前走一遭。方才他一隻腳只離山崖邊幾步遠，若李恕謙剛才沒抓住，他就會掉下山去。

山路旁立著「緊急求救請使用警用ＡＰＰ」的醒目標牌更加深他的恐懼，「我們在下面就好，不上去了。」

「沒事，沒關係不要怕。」李恕謙輕輕拍撫學弟纖弱的背脊，「我們都走到這裡了，就上去看一看風景，如果半途而廢很可惜。」

何馨憶驚魂未定，喘著氣息微微搖頭，「學長上去吧。」

李恕謙垂首看他，「真的不上去？」

「嗯，你上去就好。」

李恕謙在幾個呼吸之間做下決定，「那我也不上去，在這裡等他們。」

何馨憶詫異地抬頭直視李恕謙，「欸，那不是很可惜嗎？都已經爬到這裡了，又不是爬不上去。」

「對啊，都已經爬到這裡了，又不是爬不上去。」

何馨憶怎麼也沒想到，李恕謙會原封不動地把自己的話還回來，「我不行……」

「喂，你們兩個快點上來拍照，太陽要下山了！」

林仲書的叫喊恰巧打斷何馨憶的拒絕，李恕謙從善如流地叫：「來啦！」

就在半哄半強迫之間，何馨憶被李恕謙從身後托住腰往上舉，周平青握住何馨憶的兩隻手，一口氣將何馨憶拉上來。或許是有前車之鑑，何馨憶感覺到周平青握住自己雙手的力道特別有力，身體一輕整個人已趴坐在躺倒的周平青身上，呼吸之間全是陌生的汗味。

他面紅耳赤的爬起身，故作鎮定地道：「抱歉抱歉。」

「沒關係。」周平青爬起身，將下方的李恕謙也拉上來。

李恕謙一站上平臺便看向何馨憶，何馨憶對上他搜尋的目光，露出安心的笑容。李恕謙放下心也回以一笑，他一轉開視線便撞上周平青探詢的目光。他挑起眉，周平青只是搖搖頭。

李恕謙不以為意，抬頭端詳茶壺山頂。茶壺山頂是一大塊狀似茶壺的岩石，茶壺岩石的壺身中央有一道細細窄窄的洞口，裡頭攀爬的路徑更加險峻，眾人在向爬出洞口的登山客探聽路況後一致決定不進去。

「拍照拍照！」劉芳慈拉著林仲書，請過路客拍大合照。

一行人以劉芳慈與梁玟櫻為中心排成一排，何馨憶錯開步伐，恰巧卡在梁玟櫻和李恕謙中間。他不太敢碰到女孩，便往李恕謙身側靠，男人身上的汗味隨風飄來，何馨憶看向鏡頭，暗地裡卻朝李恕謙貼得更近，鼻尖習慣的氣味讓他心頭微跳。

他忽然想起自己剛才被李恕謙抱在懷裡時，也被男人的氣息完全包裹。連同捷運車箱那一次，這已經是他第二次被李恕謙抱了。他嚥了口唾液，真想再被抱一次。

下山時眾人飢腸轆轆，他們搭公車回到九份，排隊進阿妹茶樓就坐。等餐點備齊，便狼吞虎嚥地吃，也沒心情去觀賞建築物。晚餐食畢，他們拖著疲憊的身體回到民宿輪流洗漱，民宿老闆親自煮黑糖芋圓招待大家。

晚間九點從民宿頂樓往山下望，山間萬籟俱寂。頂樓只點著一盞小黃燈，暈

投資一定有風險

黃的燈光將人影映在木桌上，每個人面前的黑糖芋圓都被多重影子映得黑乎乎的，冷風吹來將擋風的布簾吹得翻飛作響，何馨憶打了個寒顫，低頭舀一匙芋圓送入口中。

民宿老闆剛端上來的溫熱芋圓不過數分鐘就被冷風吹涼，溫涼的黑糖湯頓時顯得過於甜膩，何馨憶的舌頭微微發麻，他沒再吃第二口，雙手捧著比體溫略高的瓷碗取暖。

民宿老闆偏在此時說起了陰陽海的鬼故事，「從最長的階梯往下走到第二十六階，左手邊的那間屋子，他們家的阿公曾經在陰陽海岸邊釣魚不小心落海，搜救人員找了半天都沒找到，二十四小時後變成浮屍浮上來。」

何馨憶覺得有些異樣，忍不住回憶起自己今日在陰陽海岸邊看到的垂釣老人。他深深吸了一口氣，不停默念著別自己嚇自己。

「冷嗎？」注意到他在發顫，李恕謙低問。

「還好。」他不自主地併攏著雙膝輕輕摩擦。

李恕謙脫下沐浴後隨意披在身上的薄外套，蓋在他膝上，「先蓋著。」

那件薄外套略帶一點潮意，溼氣與民宿提供的隨手包沐浴乳香味、混著李恕謙的氣息迎面而來。何馨憶心一跳，垂首將那件薄外套往上拉，攤開撫平蓋在身上，一抬眼看見對桌的周平青，男人的目光帶著評量。他慌忙錯開視線，深怕被對方看清自己眼底依戀的情意。

「會游泳也沒用，那裡是個峽灣，浪進得去出不來，一下海就會被海浪淹沒，浮不起來。」老闆壓低聲音，暈黃的燈光照亮他的上半張臉，氣氛顯得更加陰森詭譎，一時間竟沒有半個人答話，「你們慢慢吃，我先下樓去忙。」

老闆爬著陡峭的樓梯下樓，等老闆矮胖的身影沉下去，周平青打破沉默，「玩桌遊嗎？」

「我覺得有蚊子叮我，我想下去。」劉芳慈小聲道。

「好像有點冷。」梁玟瓔來回撫摸著上臂，「總感覺有點毛毛的。」

李恕謙瞥向蓋著自己外套的何馨憶，「那我們回房間再玩吧。」

投資一定有風險

民宿依山而建，下樓的階梯陡峭異常，幾乎與身體平行。眾人輪流下樓回到房間，房門一關上，那股涼風便被擋在門外，明亮的照明也驅散方才驟起的恐慌。

「六個人不能玩牌。」林仲書提議，「玩狼人殺？」

狼人殺有眾多變形版本，在場只有林仲書和李恕謙玩過狼人殺，為了方便教學，兩人決定選擇最簡單的版本。

狼人殺分成狼與平民兩個陣營，狼互相知道彼此的身分，平民陣營裡只有預言家能查驗每個人的身分。平民的得勝條件是所有的狼被殺，狼的得勝條件是所有平民死亡。狼人殺最少需要六位玩家和一位場外主持人，李恕謙提出用手機程式扮演主持人的角色，讓所有人都能參與。

第一日晚上被狼殺死的玩家，在第二日白天有權發表死前遺言。周平青垂下眉眼滿臉抑鬱，「幹！誰殺我？我是平民！」

遊戲中眾人必須表達自己的立場，並投票表決誰是假扮成平民的狼，票數最多者將被表決殺死。

李恕謙沉思數秒後開口，「我是平民。通常第一局大家很難看出誰是狼，預言家最好趕快表態暗示，不然我們很容易殺錯人。」他有模有樣地分析，忽然話鋒一轉，「不過如果現在大家想不出可以殺誰，就殺書書好了。反正他心機很重，很會演。」

原本凝重的氣氛突然變得搞笑，林仲書立刻喊冤，「我是平民，不能殺我，殺恕謙！」

劉芳慈幫腔道：「我是好人，我覺得玟櫻是好人。我不知道書書是不是好人，不過心機很重是真的！」

「喂喂！」林仲書抗議道。

輪到梁玟瓔發言，她自然地笑道：「我是好人，我覺得芳慈是好人。我也覺得恕謙說得對，書書真的心機很重！」她旋即給了李恕謙一個微笑。

何馨憶在那一句「恕謙」嗅出其他意味，他又看向帶笑的李恕謙，心裡五味雜陳。李恕謙今天不但幫梁玟瓔拿行李爬上通往高處的長階梯，還幾次和她在某些話題對上話，聊得很盡興。

他無法吐露壓在心口的沉重感，只能帶著自己才懂的占有欲道：「我什麼都不知道，我只知道我跟我學長都是平民。」他的眼角餘光瞧見李恕謙讚許的表情，飄忽的心忽然感到安定，他垂下眉眼不敢外顯過多的情緒。

等所有人發表完畢，出局的周平青代替手機主持人發出指令，「大家指向你想殺的人。」

「書書！」

「書書。」

「書書學長。」

「喂喂喂！」林仲書又氣又好笑，「我是真的平民啦！」

「遊戲結束之前你不能再說話了！你就比我晚死幾分鐘而已。」周平青幸災樂禍地落井下石，「現在進入第二天晚上，大家閉起眼睛。」

「狼人請睜眼，用手指向你想殺的人。」

李恕謙與何馨憶悄然睜開眼睛。他們是偽裝平民的兩隻狼，在林仲書與周平青出局的情況下，已經決定狼的勝利。還活著的平民剩下劉芳慈和梁玟瓔，他們判斷不出誰是預言家，不過殺誰都無所謂，等天一亮再把剩下的那個表決殺死就行了。

何馨憶看向李恕謙，手指微微偏向梁玟瓔，那一刻他的心臟跳得飛快，只覺得萬分心虛，李恕謙輕輕點頭，同意他的選擇。他露出虛脫的笑容闔上眼，感覺像他在與梁玟瓔不知名的競爭中取得微薄的勝利。

「狼人閉上眼。現在所有人睜開眼睛。第二天晚上，被殺的人是玟瓔。」周平青宣布。

梁玟瓔有些吃驚地看向李恕謙，目光中全是委屈與遺憾。

劉芳慈卻臉色一變，朝李恕謙道：「我是預言家，我昨晚查了小憶，小憶是狼。我們要投票殺他。」

何馨憶再度扯開略顯僵硬的笑容，無視梁玟瓔和劉芳慈的目光，「我覺得該殺芳慈。」

李恕謙笑道：「我也覺得該殺芳慈。」

劉芳慈這才察覺情況有異，「欸？」

「結束，狼勝利。」周平青宣布。

林仲書在場外解說，「芳慈，他們兩個都是狼啦，你不該殺我。」

劉芳慈滿臉挫敗，「虧我超相信恕謙的耶，他長得一臉平民結果居然是狼。」

「恕謙才最黑好嗎？」林仲書忍不住吐槽，「妳被他騙還會幫他數錢，不信妳問阿青。」

周平青漫不經心地回應：「我是沒有被他騙還幫他數錢的經驗啦，被你創空的次數倒是不少。說好一起翹課，結果你他媽的自己去上沒叫我就算了，還不幫我點名。」

「那次是個意外啦，還不是因為……」林仲書悄悄看向劉芳慈，氣弱游絲地說，「而且恕謙也沒叫你啊。」

「我以為你們都要去上課。」李恕謙不慌不忙地維護自己的名譽，「自己的責任不要牽拖我，我這麼正直，不信你問小憶。」

「學長是最正直最好的學長，我有學長我驕傲。」何馨憶滿臉正經，一點都沒在開玩笑。

「你學弟當然向著你啊。」一路上見識不少何馨憶與李恕謙的互動，林仲書羨慕地說，「為什麼你學弟又乖又聽話，怎麼那麼好？我研究所學弟都不甩我。」

「那是人品問題。」劉芳慈吐槽未婚夫不遺餘力。

「書書做人太失敗，哪像恕謙就算是狼也是正直的狼。」梁玟瓔跟著幫腔。

李恕謙聞言朝她露齒微笑，「謝謝妳相信我。」

梁玟瓔用手將頭髮撥到耳後，又用手指捲繞著髮尾。那樣的情態何馨憶很熟悉，心中警鈴大作，忽然撇過頭看向李恕謙，「對了學長，今天的開銷我也一併計帳，回家再跟你算。」

「好啊。」李恕謙理所當然地道，「你直接跟平常的開銷併在一起就好，反正也都是你在記。」

「那是過渡時期，等我找到工作就把提款卡還給你。」他有意無意地透露兩人的親暱，故意說出引人好奇的關鍵字。

果不其然周平青問道：「什麼提款卡？」

何馨憶欲言又止，「學長的提款卡……」

「我們不是一起住嗎？開銷什麼的暫時是我出，不過我比較忙所以提款卡就放小憶那裡，他花了錢會記帳再跟我結算。」李恕謙三言兩語解釋道。

李恕謙或許沒意識到「借提款卡」這種事有多不尋常，但何馨憶在眾人驚詫的目光裡達到他預期的效果。

他得承認自己確實是故意當著梁玟櫻的面，顯露李恕謙與他之間的親暱相處。雖然那說穿了也不代表什麼，但他無法控制驟然湧起的競爭意識，更無法控制自己不去跟對方比較，甚至用了這種卑劣的方式，在李恕謙不知情的情況下斬斷對方的桃花。

對不起，對不起。也許你們之後還有機會，但我和學長就只剩下這麼一點點時間，只到我找到工作以前。

他的臉色或許是過於難看，李恕謙關心地問：「你看起來有點累，要不要睡啦？」

「嗯，那我們想要怎麼分？」他遲疑地看向兩張雙人床，心裡偏向和李恕謙睡同一張。

「都可以。」林仲書沒意見，周平青雙手環胸等李恕謙作決定。

李恕謙理所當然地道：「我跟小憶睡一張，你們兩個睡一張。」

「喔——」周平青拖著長音，「如果不是我太了解你，我真的以為你很黑。」

林仲書雖然沒聽懂，不過他完全贊同這個結論，「沒錯！」

「什麼鬼啦。」李恕謙笑罵道。

何馨憶沒心思理會那三人的啞謎，他洗漱後便鑽進被窩往牆側靠，純白的牆面泛出涼意，他將頭整個埋進棉被中，試圖用熱燙的吐息溫暖發冷的指尖。

此刻陣陣冷風在窗外持續呼嘯，夜更涼。

——番外二〈陰陽．上〉完

Be Care For
What You Invest For

投資一定有風險

✦

番外二

陰陽・下

投資一定有風險

他被緊緊握住手心。

何馨憶抬頭望見周平青冒著汗液的下巴，他正要順勢往上爬，腳下忽然一滑，交握的手心瞬間脫落。他一路滑向山崖邊，雙手揮舞著試圖抓住什麼東西卻全部撲空。他掉出山崖，失重感讓他冷汗直冒，只想著是不是就只能活到這一刻。

他要死了嗎？他感覺天旋地轉，轉瞬間落入溫熱的海水裡，金黃色的海水灌入他的口鼻，他不住地咳嗽，整個人極度恐慌，忽然間一支釣竿出現在他眼前。他想也不想地抓住釣竿，靠著那支細瘦的釣竿爬上岸。

他趴在岸上，看見坐在自己身側悠哉釣魚的老爺爺，不知怎麼地立刻聯想到民宿老闆說的故事，懷疑眼前這位就是那個「從最長的階梯往下走到第二十六階，左手邊那間屋子，去陰陽海邊垂釣落水而亡的老人」。

白天看到的老人該不會就是他吧？他為什麼會看到已經死去的老人？李恕謙在哪裡？

「你在找什麼？」老人家操著一口濃厚的鄉音腔調，慢悠悠地抖了抖釣竿。

「我想找我學長。」他老實地回答。等了一會見老人不理會他，忍不住又問，「請問這裡是哪裡？我已經死了嗎？」

「你既然知道自己已經死了，那找學長做什麼？希望他陪你一起死嗎？」老爺爺漫不經心地反問。

「當然不是！我只是擔心，我想知道他怎麼樣了！」他略帶薄怒，「我才不希望學長發生什麼事！」

「是嗎？你不就是這麼想的？不管哪個女生接近，你就想把她們通通趕走，讓學長只看到你一個人、孤獨一輩子。最好你們兩個一起死，他就不會變成別人的。」老爺爺的話尖銳又鋒利，將他的心思扭曲成最醜惡的模樣，他心裡又苦又悶卻沒有底氣反駁。

他不只一次意識到現在擁有的時間全是偷來的，他每過一天擁有的時間就少一天，他分明應當識相地接受現實，卻又貪婪地想把這樣的狀態延長再延長。

他將喜歡全藏在殷勤的互動和凝視李恕謙背影的殷切目光中。往日在租屋處他只需要躲過李恕謙的視線，但這次與眾人出遊，那麼多雙眼睛，他躲藏得更加辛苦，將喜歡的情態一壓再壓，壓得愈發隱晦而卑微。

「我只是跟他借一點時間，就只是一點點……我那麼喜歡他……」他咬著下唇，嘴裡彷彿含著山苦瓜，每嚥一次唾液就嚥下滿嘴的苦澀。

「你的喜歡只是一種不正常的行為，李恕謙本來的姻緣都被你攪散了。」老爺爺的聲音變得更加嚴厲。

「不正常」三個字隨同愧疚的情緒成了萬根銀針刺進他的心，思緒被對方的言語攪得亂七八糟無法思考，只能胡亂道：「不正常只是你說的，到底誰可以定義什麼是正常？而且我馬上就要搬出去了，還能怎麼樣？現在自私一點也沒關係吧。」他狀似賭氣，語氣卻有些發虛。

他不期望能得到老爺爺的認同，更不清楚自己現在是活著還是死了。唯有一點，在這裡他所有因李恕謙而起的情緒都是真的。因為那些情緒他才感覺到苦痛感覺到愧疚，感覺到自己的心還在「噗通噗通」地跳動。

那麼李恕謙在哪裡？他要去哪裡才能找到學長？找到了之後呢？找到了他也不能打擾，得眼睜睜地看著梁玟璎或更多女孩挽著李恕謙的手，站在李恕謙身側。李恕謙的手臂，李恕謙的懷抱，從來沒有他的位置。

何馨憶睜開眼睛，看到一堵寬大的胸懷。他就睡在李恕謙的懷抱裡，李恕謙攬著他的腰，雙腿夾著他的腳，溫熱的氣息噴在他的額側，深沉的呼吸聲與心跳聲譜出平穩安詳的樂曲伴他入眠。

茶壺山上，夢境之中，他許過的願以最措手不及的方式實現了。

他凝視對方的睡顏，李恕謙閉著眼，眼睫毛隨著吐息微微顫動，他第一次這麼近距離觀察，發現男人的眼睫毛很長，末端微微捲曲，雙唇微抿著，唇線放鬆，脖頸下方寬鬆的領口露出大半的鎖骨。他情不自禁地靠近，用指尖輕輕點在男人的鎖骨之間。

李恕謙的喉結上下滑動，他玩心一起輕輕觸碰李恕謙的喉結，跟著喉結的滑動移動指尖。李恕謙約莫是覺得喉間發癢，他伸展脖頸變換姿勢，將懷中的青年抱得更緊避免對方作亂。他的下巴靠著青年的頸側，尋了個最舒適的位置磨蹭著。

此時何馨憶已完全僵住，整個人與李恕謙面對面相貼得毫無縫隙，更不妙的是，他感覺到李恕謙晨起勃發的欲望就抵在他的腿心。

他的臉部發燙燒得厲害，這一切比他所幻想的更私密更煽情，更令他不知所措。他羞憤地閉上眼睛，鴕鳥似地決定裝睡，賭李恕謙醒來會自己放開。到時候他再找對時間睜開眼睛，假裝一切都是意外就好。

裝鎮定、裝意外，他很擅長這些。然而他千算萬算，就是沒算到如果他真的睡著了，該怎麼演下一齣戲。

他又回到那個岸邊，看見還在垂釣的老爺爺。

他先發制人澄清道：「這次是李恕謙自己抱我，不是我主動。」

「你要掙脫也不是不行，你只是不想做。」老爺爺一如往常的犀利。

「我不做會怎麼樣嗎？至少這次沒干擾他吧。反正他醒來發現之後就會自己放開我。」

老爺爺忽然話鋒一轉，「你聽過陰陽海的傳說嗎？」

「什麼？」他愣了數秒，「我聽說陰陽海在陰陽交界，會勾引船員踏向陰間，找不到回家的路。」

「這麼說也沒錯。」老爺爺慢吞吞地扯了扯魚竿，「任何人進了陰陽海，他們在陽世的氣息就斷了，找不到回家的路當然只能留在陰間。」

「如果那麼危險的話，你為什麼要跑去陰陽海釣魚？」

「因為有些魚只有陰陽海才釣得到。」老爺爺的釣竿頂端突然抖了抖，老爺爺頓時全神貫注想將釣竿往上拉，「快點來幫忙！」

「欸，是叫我？」他因那理所當然的指示感到驚訝。

「這裡除了你還有誰？快過來！」老爺爺中氣十足地喝道。

他連忙上前照老爺爺的指示抱住他的腰，使盡吃奶的力氣往後拖。

投資一定有風險

水聲嘩啦，一條十呎長的金黃色大魚破水而出，光澤閃耀，與陰陽海互相輝映。老爺爺將那隻金黃色大魚拎到何馨憶眼前，他宛如一顆充飽氣的氣球般，帶著十足的底氣得意洋洋地炫耀，「這是黃金魚，一條可以賣到十幾萬。」

「賣給誰？」他傻愣愣地問。

老爺爺氣球像被一根銀針刺破，飽足的氣勢瞬間衰敗，「對啊，賣給誰？」他喃喃自語，隨手將釣竿扔在一旁盯著那條黃金魚，「賣給誰？還能賣給誰？」

何馨憶望著老爺爺又看向黃金魚，福至心靈，「你是為了釣黃金魚才去陰陽海？」

老爺爺悠悠嘆了一口氣，「人老了不中用了，我還想著釣一尾黃金魚能幫家裡賺點錢。兒子生病要錢，孫子讀書要錢，哪有那麼多錢？就想也許我還能派上用場，釣一條黃金魚去賣。

「我當時真的釣到了，但那尾黃金魚力量太大把我拉進海裡。你知道我掉下海的時候在想什麼嗎？我想說死了也好，少一個人吃飯就少一筆開銷。然後我就到這裡來了，每天坐在這裡釣魚。每次黃金魚上鉤我總想這次可以釣起來了吧，但沒有一次成功，每次都被拉進海裡。後來我放棄了，但還是離不開這裡。

「這時候我想起陰陽海的傳說。一旦掉入陰陽海，人在陽世的氣息就斷了，找不到回家的路只能留在陰間。如果有人能在岸邊叫我，我就能找到回家的路。我開始期待我的兒子來，他會為了悼念我來到陰陽海吧，他只要叫一聲，我就能離開了。然後我等啊等，等啊等，不知道等了多少日子，一次也沒聽到叫喚。從來沒有人叫我。」

「也許他們不知道你在這裡。如果我回去的話一定會告訴他們，請他們到陰陽海來叫你的名字。」何馨憶想起電影《可可夜總會》，鬼魂乘載著人的記憶與思念才能在靈界存活，或許陰陽海也是這樣，不是有人說靈界無國界嗎？

老爺爺嗤笑一聲，「一旦掉入陰陽海你就回不去了，除非有人叫你的名字，帶你找到回家的路。你不是想找你學長嗎？如果你把他帶進來，他也找不到回家的路，就能永遠留在這裡陪你。」

投資一定有風險

「那怎麼可以！」他心慌意亂，只希望李恕謙一切安好。

老爺爺原先看起來莫測高深的臉龐帶著惡意，「帶他進來吧，反正你現在做的事不就是這樣嗎？」

「不是，我只是想要一點點時間，沒有想要怎麼樣，我不想害他……」他感到一片混亂，一想起和李恕謙逐漸變得親密的梁玟櫻，心頭又慌又涼，「我不想害他，再怎麼想跟他在一起也不想害他。」

「你只能選一個，你想當他的愛人，那是要他的命。」老爺爺手裡的黃金魚不見了，釣竿也不見了，他距離何馨憶極近，「別那麼貪心。」

那話極其誅心，他的臉色一片慘白，「我不要他的命——」

「那就別再想他，把這些東西都丟掉，你注定要留在這裡陪我待上千萬年！」

老爺爺的五官開始如名畫《吶喊》般扭曲得不成比例，逼近他的臉。他嚇得後退，跌坐在地上，恐懼如冰冷的海水淹沒全身，空氣變得陰森而幽冷，他發著抖覺得快不能呼吸。

「小憶！」忽然間一隻手穿透雲層，抓住他用力搖晃，「小憶！小憶！」

他倏然睜開眼睛，只見李恕謙眉頭蹙起，雙眉之間有一道他熟悉的淺淺溝痕。他忍不住伸出指尖輕輕觸碰那道溝痕，摩挲著領他回家的路。

何馨憶的臉色蒼白如紙，李恕謙握著他的手，感覺到青年的指掌一片冰涼。

「我夢到那個釣魚的老爺爺。」何馨憶的聲音帶著倦意的沙啞，「他就坐在陰陽海邊釣魚。」

他仔細描述夢境，但省略老爺爺提及李恕謙的片段。他說得極其逼真，眾人聽了他的夢頓失遊玩的興致，決定打道回府。臨走之前，他們特意和民宿老闆打聽發生事故那家人的去向。

「那家人已經搬走了，不過我會通知里長幫忙擺些祭品，送送那位謝爺爺。」

民宿老闆怎麼也沒想到，不過是照慣例說一說九份的趣聞傳說，竟會引來何馨憶的惡夢。誰也說不準究竟是何馨憶自己嚇自己，還是真有人來託夢，總之祭拜亡魂總沒錯。

「你可能碰到了什麼東西，記得去拜拜收驚，別把不該帶的東西帶回家。」

由於民宿老闆的好心建議，李恕謙和何馨憶決定在回程特意繞去龍山寺一趟。其他人在臺北車站便與他們分別，所有人結算食宿的金額，並說好會再把照片上傳到雲端硬碟。

周平青尋了個時機將李恕謙拉到一邊，「你之前說跟你合住要找工作的學弟就是小憶吧？」

「對。」李恕謙敏銳地問，「你想問什麼？」

「他對你……」周平青向後瞥了一眼窺看他們的何馨憶，看見青年眼底的緊張，他略一沉思，「沒什麼。」

「幹嘛啦？有話就講。」李恕謙往後瞥向何馨憶，「你要介紹工作給他？」

「如果他想在新竹工作的話。」周平青意有所指。

「那我再問問他吧。等一下還要去龍山寺，我們有空再約。」李恕謙簡單道別，回到何馨憶身側。

周平青目送著李恕謙的背影。瞧見何馨憶幾度探詢的視線，他的心頭忽然有丁點輕微的癢意，如同青年在茶壺山頂意外趴坐在他身上的那刻，他看見何馨憶頸後泛起紅暈。

他沒有興趣對心有所屬的人出手，李恕謙或許也沒有他以為的那麼直，但以這兩個人相處的狀態和個性，肯定還要磨上好一陣子。他將雙手插進牛仔褲口袋，掐滅一點驟起的心思，轉身往臺北轉運站走去。

李恕謙和何馨憶抵達龍山寺，在寺外買了些供品呈上供桌，再依照觀禮順序從觀音菩薩開始拜拜，誠心誠意地祈求趨吉避凶。何馨憶雖被前一晚的惡夢擾得心神不寧，但拜到月老時也不忘拉著李恕謙，心道：這是我看中的對象，請月老幫幫忙，在我們之間綁上一條紅線。

拜完一輪後，何馨憶依照規矩求一支觀音籤，籤詩要擲到三個聖筊才作數。

投資一定有風險

他抽了幾次，也不敢在心裡嘀咕聖筊的機率，只能更加誠心，直到抽中第十二籤，籤詩寫著：**時臨否極泰當來，抖擻從君出暗埃，若欲卯寅佳信至，管教立志事和諧。**

他們拿著籤請解籤人一觀，解籤人道：「這是上籤，如果你最近碰到什麼凶險或不好的事，也會因禍得福化險為夷。」

忙了大半天，何馨憶直到現在才鬆了口氣。轉乘捷運回家的路上，他終於有心情打探李恕謙和梁玟瓔的進展，「學長，我看你跟玟瓔很聊得來。」

「還可以吧。」李恕謙沒多想，只惦記著何馨憶的惡夢，「你今天睡覺時，把護身符壓在枕頭底下睡。」

「知道啦。」何馨憶還是不放棄打探，「你覺得玟瓔怎麼樣？」

李恕謙聽出一點意思，下意識問：「為什麼一直問她，你對她有興趣？」

「我當然沒有。」何馨憶斷然否認，「我有興趣的不是這一型。」

李恕謙順口問道：「那是哪一型？」

就是你這一型。何馨憶忍住滾到舌尖的回答，改道：「溫柔、細心、負責任，還要比我高。」

前三點特質都是理想對象的常見要素，最後這一點卻讓李恕謙笑出聲，「比你高的人很多，像書書還有阿青也是——」他琢磨起何馨憶的要求，「阿青倒是很符合。」而且他隱約記得周平青不太直。

那麼一來，今天在臺北車站分別時，周平青意有所指的是不是就是看上何馨憶了？

「小憶，你覺得——」他一停，後半句忽然說不出來。

「覺得什麼？」何馨憶難得見對方猶豫，更加好奇了。

李恕謙忽地想起今早起床時，發現何馨憶滾到他的懷裡。他一時驚奇也沒多想，但若想到抱著何馨憶的是周平青，卻覺得渾身不對勁。大概就像他看到陸臣哥和其他演員演親密戲的感覺，無論如何都覺得尷尬。再說周平青雖然個性不錯，但何馨憶才受到職場性騷擾沒多久，不適合立刻發展下一段感情。

投資一定有風險

「沒什麼。」他在數秒內轉移話題，「我是想說，之前有提過阿青在竹科的那間公司很缺人，你可以考慮去他們公司面試。」

何馨憶垂下眼，輕道：「謝謝學長，不過我還是想先從臺北的公司找。」

「好。」青年維持一貫的回答讓李恕謙莫名地鬆了口氣，也不打算再勸。

排隊等捷運時他站在何馨憶身後，身前的學弟雙手拉著後背包的背帶，垂首盯著地板發呆，整個人看起來特別瘦弱無助。那一刻他忽然擔憂起青年，如果找到工作以後一個人搬出去住，能不能照顧好自己？

青年雖然家事萬能，在生活上也精明，但總給他一種纖細又脆弱的錯覺，讓他怎麼樣也移不開關注的視線，時時擔憂著學弟在哪裡受到委屈而求助無門。

房屋租約再過幾個月就到期了，要不要趁機與青年合租換大一點的房子？起心動念只是一瞬間，卻縈繞在他的心頭久久不散。

幾週後何馨憶接到一通陌生來電，「請問是何馨憶先生嗎？」

「我是。」何馨憶原以為這是一通面試邀約，沒想到對方卻表示自己姓謝，因為謝爺爺受到他的諸多照顧特來感謝。

謝先生接著表明他們回老家祭祖時，被里長通知要幫謝爺爺重辦一場法事招魂，讓謝爺爺能夠安息。又說當年謝爺爺落海後，搜救隊員雖沒有找到謝爺爺的屍體，卻在搜救過程中發現一枚卡在岩縫之間的金飾，那枚金飾雕刻得極為精巧，不似凡品，便交由當地警察局作失物招領。

巧合的是，兩日前恰有一對夫婦到當地警局備案，說遺失了一枚極其特殊的金飾，警局便聯絡失主將金飾送還。那枚金飾是家傳飾品，意義重大，那對夫婦原本也不抱希望，這次既然找回遺失物，他們便趁機打聽緣由。

打聽之下才知道，謝爺爺是為了釣傳說中的黃金魚給家裡貼補家用而不幸落海，搜救人員在搜救過程中發現金飾。種種巧合讓那對夫婦相信這是上天的旨意，自願資助謝先生一家，不只協助當時的謝爸爸就醫，還聘請律師協助謝家申請各種補助金，解決謝家所有的困境。

謝先生也爭氣，一路拿著獎學金就學，畢業後找了一份不錯的工作，將一家大小遷居到新北市市區居住，偶爾才回老家祭祖。

「我原本是不信這種怪力亂神的事，但法事辦完後兩天就夢到爺爺，他看起來氣色不錯過得很好。」謝先生笑道，「其實我爸當年也有做法事，但是是在家裡設靈堂，沒有對著陰陽海大叫我爺爺的名字。這次多虧何先生的夢，我們才知道爺爺真的一直在陰陽海等我們接他回家。我爺爺在夢中也說多虧有貴人相助，他才能回來，希望我們代他表達感謝之意，謝謝你。」

何馨憶放下心，他平日不會特別祭拜神明，但這次的經歷很玄，他也不得不信邪，「謝爺爺安息就好。」

「我爺爺還說，貴人一定會心想事成。」謝先生留下這句祝福，「祝你心想事成，有緣再見。」

「謝謝你的祝福，有緣再見。」何馨憶掛上電話，將這段對話分享給李恕謙。

「聽起來很符合你之前抽到的籤文。」李恕謙回憶那首籤詩，「記得是否極泰來什麼的。」

「我本來覺得犯太歲，先是差點在茶壺山摔下來又碰上這件事。當時覺得超倒霉，事後回想起來似乎也還好。」何馨憶呼出一口氣，「希望可以保佑我找到好工作啊。」

「一定可以的。」李恕謙輕笑，「你會心想事成。」他已經決定等何馨憶找到工作後便開始找合租的房子，衷心希望能作學弟最有力的後盾。

李恕謙的笑容和輕鬆的談話緩解何馨憶近期頻繁面試的壓力，他凝視男人帶笑的唇角，暫時將那些試探與糾結的情緒全拋到腦後。

他至今仍不知道為什麼會有這段奇遇，收驚的師父跟他說，當在生死一刻的瞬間容易吸引其他的東西上身。另外作夢也會發出電波，像收音機一樣，只有同樣頻率的人才能接收到；還有一種可能是他看到謝爺爺時，正是當年謝爺爺落海的時刻。總之各種大大小小的巧合與因緣疊加起來，才讓他碰上這樣的事。

他寧可信其有，不過自那日以後，何馨憶再也沒有夢到過類似的託夢。雖然

投資一定有風險

當時的九份旅遊有些驚險和煩惱，但也收到幾項預料之外的禮物。例如睡在李恕謙懷裡，和李恕謙一起拜月老和求護身符，也算塞翁失馬焉知非福。

他緩緩呼出一口氣，「只要學長能一直待在身邊，我必定心想事成。」

——番外二〈陰陽．下〉完

Be Care For
What You Invest For

投資一定有風險

✦

後記

投資一定有風險

首次以商業誌和大家見面，誠惶誠恐，也很感謝朧月書版的編輯賞識出版這部作品！

這個故事是取材自身邊的學長學弟們。每間實驗室歷年來都有一位能 hold 住全場，上能應付指導教授，下能 cover 學弟妹的可靠博班大學長，在這些大學長們的照顧下大家才能平安順利地畢業，這次就是把我所認識的大學長們的特質寫成了李恕謙。

許許多多的情節也是感謝他們的血淚貢獻，像是因為決定念博班而被女友提分手，因為留學海外變成遠距離戀愛而被劈腿，因為去當兵而被兵變等等，聽了都忍不住想替他們掬一把同情淚。

何馨憶也是取材自一位非常非常可愛的學弟，認識他的時候真的會在心裡想，這麼可愛果然是個男孩子啊。

這次寫的是一個有點酸澀的暗戀故事。上集故事之中也許難以察覺李恕謙真正的想法，不過身邊有不少人是這樣，不是很清楚自己喜歡什麼不喜歡什麼，說好聽是對什麼東西都不太挑剔，說直白點大概就是對什麼都不是很在意。因為不在意所以無所謂，如果別人已經幫自己決定了，可以接受那就好。

因為不在意，不需要思考就不需要煩惱，生活也會過得比較輕鬆。說到底也沒什麼不好。如果選擇伴侶也可以這麼簡單，好像也不錯。大概是這樣的感覺。相比起來，何馨憶就執著得多。

雖然這只是一個故事，不過寫的時候，我也衷心地希望執著的人能夠得償所願，不然就太令人難過了。

故事中有一位戲分不多卻重要的角色，就是兩位主角的指導教授。在本篇故事中指導教授沒有露出姓名，只有他的伴侶陸臣出來串場，其實這兩位也有自己的故事，就在拙作《性，愛與筆記》中。是以個人誌的方式出版，如果大家有興

投資一定有風險

趣的話，也可以在前折口的作者資訊找找看。

期待下集也能再與各位見面 :)

生生

高寶書版集團
gobooks.com.tw

FH020
投資一定有風險・上

作　　者　本生燈
繪　　者　尾賀トモ
編　　輯　薛怡冠
校　　對　林雨欣
美術編輯　林鈞儀
排　　版　彭立瑋
企　　劃　李欣霓、黃子晏

發 行 人　朱凱蕾
出　　版　朧月書版股份有限公司
　　　　　Hazy Moon Publishing Co., Ltd
地　　址　臺北市內湖區洲子街88號3樓
網　　址　www.gobooks.com.tw
電　　話　(02) 27992788
電　　郵　readers@gobooks.com.tw（讀者服務部）
傳　　真　出版部　(02) 27990909　行銷部 (02) 27993088
郵政劃撥　50404557
戶　　名　三日月書版股份有限公司
發　　行　英屬維京群島商高寶國際有限公司台灣分公司
　　　　　Global Group Holdings, Ltd.
初版日期　2022年3月

國家圖書館出版品預行編目(CIP)資料

投資一定有風險/本生燈著.-- 初版. -- 臺北市：朧月書版股份有限公司出版：英屬維京群島高寶國際有限公司臺灣分公司發行, 2022.03-
面；　公分. --

ISBN 978-626-95424-3-7(上冊：平裝)

863.57　　110020457